一九九○年秋，初識原籍貴州的臺灣作家姜穆，熱心的他建議我編兩部中國歷代愛情詩集，一為文人作品，一為民間歌謠，他說如此可稱珠聯璧合，又可視為姊妹之篇。謝謝他的美意，朝暉夕陰，經年累月，我從商品大潮澎湃的現代遁回簫笛幽遠的古典，終於編著成《在天願作比翼鳥》和《千葉紅芙蓉》二書。

中國古典愛情詩浩如煙海，我雖然揚帆遠駛，企圖一網，不，兩網而盡那海中的珍奇，但仍然不免顧此失彼而有遺珠之嘆。為統一體例，這兩本書都分為「戀情」、「歡情」、「離情」、「怨情」、「悲情」五個部分，每部分的作品又均以年代先後為序。注釋力求簡明扼要，為一般水平的讀者指點迷津；譯文崇尚暢達而有音韻之美，讓讀者可以吟誦並作古今之參照；點評則希望繼承中國傳統的審美印象式批評的長處，又具有現代文學批評的某些風采；版本則廣收博覽，必要時則互相比照以擇善而從。總之，年復一年地詩海浮沈與鉤沈，雖不能盡如人意，我也只得返航登岸了。

三民書局暨東大圖書公司享譽書林與文林，曾出版過我的《詩美學》與《歌鼓湘靈——楚詩詞藝術欣賞》，令人銘感。一九九三年八月我有臺灣之旅，書局董事長劉振強先生之高遠文化胸懷與理想，以及對學人的尊重與禮遇，都令我十分感佩。現在拙編又承付梓，且讓我向他和審讀本書的陳滿銘教授、向曾經或

002

國立中央圖書館出版品預行編目資料

千葉紅芙蓉：歷代民間愛情詩詞曲三
百首／李元洛輯注.--初版.--臺北
市：東大發行：三民總經銷，民83
面；　　公分.--（滄海叢刊）
ISBN 957-19-1676-5 （精裝）
ISBN 957-19-1677-3 （平裝）

1.中國詩詞

831.92　　　　　　　　　83010459

© 千　葉　紅　芙　蓉
　　──歷代民間愛情詩詞曲三百首

輯注者　李元洛
發行人　劉仲文
著作財　東大圖書股份有限公司
產權人　臺北市復興北路三八六號
發行所　東大圖書股份有限公司
　　　　地　址／臺北市復興北路三八六號
　　　　郵　撥／○一○七一七五──○號
印刷所　東大圖書股份有限公司
總經銷　三民書局股份有限公司
門市部　復北店／臺北市復興北路三八六號
　　　　重南店／臺北市重慶南路一段六十一號
初　版　中華民國八十三年二月

編　號　E 85262

基本定價　陸元貳角貳分

行政院新聞局登記證局版臺業字第〇一九七號

有著作權

ISBN 957-19-1677-3 （平裝）

自　序

　　愛情，是人類生存和發展的重要支柱，也是文學創作的永恆主題。公元前八世紀，希臘詩人赫西奧德在《諸神記》中歌唱「不朽的神祇中最美麗的一位」的厄洛斯，就是希臘神話中名為丘比特的愛神。在中國，雖然沒有這樣的神祇，但早在兩千多年前的《詩經》中，愛情的多聲部的樂曲就已經開始鳴奏，而從它的第一篇〈關雎〉裡，雖然時隔兩千多年，我們仍可以聽到鐘鼓和琴瑟的樂音隱隱傳來。可以說，在中外文學的浩蕩長河中，以愛情為題材的優秀作品，是永遠也不會凋謝的耀眼動心的波浪。

　　當今之世，觀念日新而世風日下，物慾橫流人慾也橫流，在滾滾紅塵之中，為俗務所累的現代人如果能捧讀古代那些優美而健康的愛情詩，也許會如同手捧一掬遙遠的清芬，讓蒙塵的心受到清純的古典的洗禮，得到休憩和淨化，因此，我早就想編注譯評這樣一本詩選集。

連載或選刊拙編的《臺灣新聞報》鄭春鴻先生和《中央日報》梅新先生，致以衷心的敬意與謝意，在水之一方。

　　《在天願作比翼鳥》剛剛從海峽對岸飛來，墨瀋未乾，書香盈握，令我愛不釋手，《千葉紅芙蓉》的校樣也尾隨而至，開放在我的案頭與心頭。她們本是姊妹之篇，《在天願作比翼鳥》先行問世，當可以姊姊自居，而《千葉紅芙蓉》只好委屈爲妹妹了。一位蘭心蕙質，一位國色天香，合則雙美，離則兩傷，故共用一序而補誌數語如上。

　　　　　　　　一九九四年清秋時節

自
序

千葉紅芙蓉
——歷代民間愛情詩詞曲三百首

目　次

千葉紅芙蓉

目次

目
次

千葉紅芙蓉

三、離情——折盡青青楊柳枝

目
次

千葉紅芙蓉

目次

四、怨情——負妾一雙偷淚眼

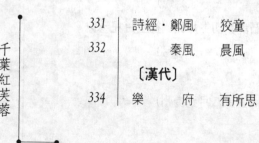

目
次

千葉紅芙蓉

五、哀情——樹死藤生死亦纏

後　記

千葉紅芙蓉

一、戀情——

人生恩愛原無價

關　雎

詩經·周南

關關雎鳩①，在河之洲。
窈窕淑女，君子好逑②。

參差荇菜③，左右流之。
窈窕淑女，寤寐求之④。
求之不得，寤寐思服。
悠哉悠哉，輾轉反側。

參差荇菜，左右采之。
窈窕淑女，琴瑟友之。
參差荇菜，左右芼之⑤。
窈窕淑女，鐘鼓樂之。

注釋

①關關：雌雄二鳥相對而鳴之聲。雎鳩：雌雄有固定配偶的
　水鳥。
②好逑：「好」爲男女相悅，「逑」爲配偶。

③參差：長短不齊。荇菜：可食用之水草。

④寤寐：「寤」爲醒，「寐」爲睡，意爲醒時夢裡。

⑤芼：擇取。與「流」、「采」分章換韻，意義相近。

譯文

　　雌雄水鳥和鳴唱，在那河心沙洲上，美麗善良好姑娘，我想和她配成雙。短短長長水荇菜，左邊探來右邊探，美麗善良好姑娘，日思夜想夢中來。白日思求求不得，夜晚相思到夢鄉，長夜漫漫難成眠，翻來覆去到天亮。長長短短水荇菜，右邊探來左邊探，美麗善良好姑娘，彈琴鼓瑟迎她來。荇菜短短又長長，左採右採已滿筐，美麗善良好姑娘，鐘鼓迎娶美時光。

點評

　　《詩經》是中國最早的一部詩歌總集，是中國文學長河的最早的源頭，而〈關雎〉又是源頭的最初的波浪。此詩以第三人稱的敍事角度，描繪和歌詠了一對少男少女的戀情，比興巧妙而自然，情節單純而曲折，心理刻劃鮮明而細緻，是表現愛情這一文學母題的最早的千古絕唱。

摽有梅

詩經‧召南

摽有梅①，其實七兮。
求我庶士②，迨其吉兮③。

摽有梅，其實三兮。
求我庶士，迨其今兮。

摽有梅，頃筐墍之④。
求我庶士，迨其謂之。

注釋

①摽：落、擊、打。有：語助詞。
②庶：眾多。士：男子的通稱。
③迨：及、趁。吉：吉日，青春時光。
④頃筐：斜口筐子，簸箕一類。墍：取。之：代詞，它，指
　梅子。

譯文

　枝頭梅子落紛紛，樹上還留有七成，追求我的眾小伙，趕

快趁那好時辰。枝頭梅子落紛紛，樹上殘留只三成，追求我的小伙子，抓緊現在好時辰。枝頭梅子紛紛落，提著竹筐前來撮，誰人有意追求我，只要你把話兒說。

點評

此詩以「遞進」的藝術手法結撰成章，層次分明地表現了抒情女主人公內心情感的波瀾。〈關雎〉寫男追女，此詩則寫女追男，將愛情與勞動結合在一起詠唱，現代的讀者在吟誦之餘，耳邊也許會響起臺灣民歌「高高的樹上採檳榔」的動人旋律。

靜　女

詩經·邶風

靜女其姝①，俟我于城隅。
愛而不見②，搔首踟躕。

靜女其變，貽我彤管③。
彤管有煒，說懌女美。

自牧歸荑④，洵美且異。

匪女之爲美，美人之貽。

注釋

①靜：嫻雅安詳。姝：年輕美麗之貌。

②愛：「薆」的假借字，躲藏，隱蔽。

③彤管：此有三說，一說是塗紅的管子，一說爲紅管的筆，一說係紅色管狀的初生植物。貽：贈送。

④牧：野外。歸：贈貽之意。荑：細嫩的茅草。

譯文

溫柔嫻靜的姑娘，約會我在僻靜的城角上，躲藏起來不相見，急得我亂抓頭皮心徬徨。溫存靜好的姑娘，送我彤管閃光芒，彤管顏色紅又鮮，我喜愛你啊多漂亮。送我茅草摘自郊野地，草兒眞美式樣又新奇，並非草兒多麼美，只因它是美人的心意。

點評

這是中國詩歌中最早寫幽會的詩。場景集中，細節生動，由物及人，富於象徵意義，所表現的初戀的情感十分純眞甜美。雖然時隔兩千多年，但光景常新，能引起有相同審美體驗的現代人的心弦和鳴。

柏　舟

詩經·鄘風

汎彼柏舟，在彼中河。
髧彼兩髦①，實維我儀②，
之死矢靡它③。
母也天只！不諒人只④！

汎彼柏舟，在彼河側。
髧彼兩髦，實維我特，
之死矢靡慝。
母也天只！不諒人只！

注釋

①髧：頭髮下垂貌。髦：未成年男子所留之髮，齊眉而梳向
　兩邊。
②實：是，這。維：為。儀：匹配，下章之「特」義同。
③之：到。矢：發誓。靡：無，沒有。它：二心，不改變。
　下章之「慝」義同。

千葉紅芙蓉

008

④也、只：均爲語助詞。

譯文

　　盪著小小柏木舟，在那河水的中流。小伙頭髮垂兩邊，實是我的好配偶。愛他到死心不變，我的娘啊我的天！怎不體諒我心願！盪著小小柏木舟，在那河水的一側。小伙頭髮垂兩邊，實是我的好匹配。愛他到死心不變，我的娘啊我的天！怎不體諒我心願！

點評

　　此詩以呼告的方式，直抒胸臆地表達了對自由的愛情的追求，和對家長制婚姻的強烈反抗。司馬遷說：「夫天者，人之始也；父母者，人之本也。人窮則反本，故勞苦倦極，未嘗不呼天也；疾痛慘怛，未嘗不呼父母也。」此詩之呼天搶地，正是因爲情動於衷而形於言。

木　瓜

詩經・衛風

投我以木瓜①，報之以瓊瑤②。
匪報也，永以爲好也。

投我以木桃③，報之以瓊瑤。
匪報也，永以爲好也。

投我以木李，報之以瓊玖。
匪報也，永以爲好也。

注釋

①木瓜：叢生灌木，果實橢圓可食。
②瓊琚：美色的佩玉。「瓊瑤」、「瓊玖」義同。
③木桃：即桃子。下章之「木李」即李子，爲與「木瓜」一
　　律，故加「木」字。

譯文

　　她扔給我的是木瓜，我用美玉來報答，不是美玉能報答，
表示永久相好呀！她贈給我的是木桃，我回報的是瓊瑤，不是
瓊瑤能回報，我要和她永相好。她送給我的是木李，我回贈的
是瓊玖，不是瓊玖能回贈，我和她要天長地久。

點評

　　上古時代採集野果的工作多由女子擔任，常投擲果實以傳
情，唐詩人皇甫松〈采蓮子〉中的「無端隔水拋蓮子」可見這

種遺風。此詩的抒情主人公是男子，語淺情深，辭直意永。三章均圍繞定情而互贈信物這一中心展開，反之覆之，顛之倒之，創造了具有普遍意義的動人情境。

采　葛

詩經・王風

彼采葛兮①。一日不見，如三月兮。

彼采蕭兮②。一日不見，如三秋兮③。

彼采艾兮④。一日不見，如三歲兮。

注釋

①葛：藤本植物，塊根，莖可作纖維。
②蕭：又名香蒿，古人採之以供祭祀。
③三秋：三季，即九個月。
④艾：菊科植物，燒艾葉可灸病。

譯文

　　心愛的人兒採葛藤，一天不見他，好像過了三月整。心愛的人兒採青蒿，一天不見他，如同九月實難熬。心愛的人兒採香艾，一天不見他，有似三年眞難挨。

點評

　　現代心理學有所謂「心理時間」之說，指的是同一單位時間，實際上的時間値和心理上的時間値大不相同，〈采葛〉之動人，在於對心理時間作遞進式的誇飾與擴張，以感情改造時間，使「一日不見，如隔三秋」成爲後世習用的成語，也給後來的詩歌創作以藝術上的啓示。

風　雨

詩經・鄭風

風雨淒淒，雞鳴喈喈①。
既見君子②，云胡不夷③？

風雨瀟瀟，雞鳴膠膠。
既見君子，云胡不瘳④？

風雨如晦⑤，雞鳴不已。
既見君子，云胡不喜？

注釋

①喈喈：雞鳴之聲。下章之「膠膠」意同。
②君子：女子對所愛男子的稱謂。
③云：語助詞。何：怎麼。夷：平。
④瘳：病癒。
⑤晦：昏暗，夜晚。

譯文

　　窗外風聲雜雨聲，長夜難眠聽雞鳴。終於見到心上人，心潮怎麼會不平？聲聲風雨猛搖窗，雞鳴不斷夜未央。終於見到心上郎，疾病怎麼會久長？風雨連宵暗天地，雞鳴聲聲不停息。終於見到心上你，怎說我還不歡喜？

點評

　　對這首寫女子等待男子造訪的詩，聞一多說得好：「風雨晦冥，群雞驚噪，婦人不勝孤悶，君子適來，欣然有作。」因有此詩，「風雨如晦」成了代代相傳的成語，而風雨懷人的典型情境，又啓發了後代許多詩人的詩思，如「最難風雨故人來」

一、戀情

便源出於此。

子　衿

詩經·鄭風

青青子衿①，悠悠我心②。
縱我不往，子寧不嗣音③？

青青子佩④，悠悠我思。
縱我不往，子寧不來？

挑兮達兮⑤，在城闕兮。
一日不見，如三月兮！

注釋

①子：你，詩中女子指其情人。衿：衣領，一說通「紟」，繫
　衣的帶子。
②悠悠：遙遠貌，此處指憂思深長。
③寧：難道。嗣：寄，送。音：音信。

④佩：此指佩玉的綬帶。

⑤挑兮達兮：雙聲連綿詞，往來走動之貌。

譯文

　　青青的是你的衣領，思念煎熬我的心靈，縱然我沒能去你那裡，難道你不能捎來音信？青青的是你佩玉的綬帶，思念煎熬我的胸懷，縱然我沒能去你那裡，難道你自己就不能前來？走來走去我焦急憂傷，等候你在城樓之上，一天沒有看見你，時間如三個月久長！

點評

　　這是一首於幽期密約中懷念戀人的詩。全詩運用倒敍之法，寫少女深情而幽怨的心理躍然如見。結句與〈王風·采葛〉中的詩句大同小異。建安時代的曹操〈短歌行〉寫道：「青青子衿，悠悠我心。但爲君故，沈吟至今。」正是承續了此詩的餘緒。

出其東門

詩經·鄭風

一、戀情

出其東門，有女如雲。

雖則如雲，匪我思存①。

縞衣綦巾②，聊樂我員③。

出其闉闍④，有女如荼⑤。

雖則如荼，匪我思且。

縞衣茹藘⑥，聊可與娛。

注釋

①思：語助詞。存：思念，慰藉。

②縞：白色，未染色的絹。綦巾：未嫁女子的暗綠色的佩巾。

③聊：可以，只有。員：同「云」，語助詞。

④闉闍：外城的城門。

⑤荼：白茅花。

⑥茹藘：茜草，可作絳色染料，此處指絳紅色頭巾。

譯文

　　走出東邊那城門，出遊的姑娘多如流雲。雖然姑娘多如雲，都不是我思念的人。白衣青巾的那一位，才使我心中喜迎春。走到東邊城門外，出遊姑娘多如白茅花。雖然姑娘多如花，都不是我心上所牽掛。白衣紅巾的那一位，才使我心中樂開花。

點評

　　詩的抒情主人公是男子，他以內心直白的方式寫自己情有

獨鍾，雖然眼前有女如雲。這種對忠貞愛情的詠唱，角度新穎，感情眞摯，是樂府詩〈華山畿〉：「奈何許！天下人何限，慷慷只爲汝」的先聲，唐詩人元稹〈離思〉的「取次花叢懶回顧，半緣修道半緣君」，也可能由此得到啓示。

野有蔓草

詩經・鄭風

- -

　　野有蔓草，零露漙兮①。
　　有美一人，清揚婉兮②！
　　邂逅相遇③，適我願兮！

　　野有蔓草，零露瀼瀼。
　　有美一人，婉如清揚。
　　邂逅相遇，與子偕臧④。

注釋

①零：落。漙：本作「團」，露水成珠貌。
②清揚：眼睛靈活有神。婉：美好。

③邂逅：不期而遇。

④偕：同。臧：善，好。偕臧：相親相愛。

譯文

青草長在野地上，露水如珠閃光芒。有位美麗好姑娘，眼睛如星俊模樣。不期而遇碰到她，合我心願喜洋洋。青草長在野地上，露珠顆顆閃光芒。有位美麗好姑娘，明眸流轉俊模樣。不期而遇碰到她，和她相愛樂洋洋。

點評

《詩經》中的〈衛風・碩人〉篇讚揚美人，有「巧笑倩兮，美目盼兮」的名句，此詩寫一個男子在野外遇到一位姑娘，同樣是集中寫她的眼睛。文藝復興時代的意大利詩人阿里奧斯陀，在〈瘋狂的羅蘭〉中刻劃美女阿爾契娜的形象，也著重於描繪她的眼睛：「嫻雅地左顧右盼，秋波流轉。」以上種種，均是「化美為媚」，「媚」即是在動態中的美。

蒹葭

詩經・秦風

蒹葭蒼蒼①，白露爲霜。
所謂伊人，在水一方。
溯迴從之②，道阻且長；
溯游從之③，宛在水中央。

蒹葭淒淒，白露未晞。
所謂伊人，在水之湄。
溯洄從之，道阻且躋；
溯游從之，宛在水中坻。

蒹葭采采，白露未已。
所謂伊人，在水之涘。
溯洄從之，道阻且右④；
溯游從之，宛在水中沚⑤。

注釋

①蒹葭：沒長穗的初生的蘆葦。蒼蒼：茂密鮮明之貌。

②溯迴：逆流而上。之：他或她。

③溯游：順流而下。

④右：彎曲。第二章之「躋」表地勢漸高，合第一章之「長」
　而觀之，表示遠、漸遠、更遠三個層次。

⑤沚：義同「坻」，水中小塊陸地。

譯文

　　河邊蘆葦茂密又青蒼，夜來露水凝成霜。我所懷想的那個人，正在河水的另一方。逆流而上追尋她，水路險阻又漫長；順流而下追尋她，彷彿在那水流的中央。河邊蘆葦青青又茂密，露水未乾如珠粒。我所懷想的那個人，正在河畔的水草邊。逆流而上追尋她，水路險阻又峻急；順流而下追尋她，彷彿在那水中的陸地。河邊的蘆葦顏色鮮又亮，露水珠兒閃銀光。我所懷想的那個人，正在泱泱的河之旁。逆流而上追尋她，水路險阻又曲折；順流而下追尋她，彷彿在那水中沙洲側。

點評

　　這是《詩經》中少見的具有朦朧之美的作品。時間是清秋，空間是河流，人物不明性別，表現一種典型的惆悵纏綿的追懷戀情，千載之下仍令人遐想。這就難怪臺灣以「蒹葭蒼蒼」為題的歌曲傳唱一時，而詩人洛夫與陳義芝也要分別以「蒹葭蒼蒼」和「蒹葭」為題各寫一詩了。

月 出

詩經‧陳風

月出皎兮①。佼人僚兮②，
舒窈糾兮③，勞心悄兮④！

月出皓兮。佼人懰兮，
舒憂受兮，勞心慅兮！

月出照兮。佼人燎兮，
舒夭紹兮，勞心慘兮！

注釋

①皎：光輝明亮。第二章之「皓」義同。

②佼：「佼」與「姣」通，美好之貌。僚：通「嫽」，嬌美，
第三章「燎」之義同此。

③窈糾：連綿疊韻詞，步態輕盈舒緩。第二、三章之「憂受」、
「夭紹」義同。

④悄：憂愁之意。第二、三章之「慅」、「慘」義同。

譯文

月亮出來亮光光，美人長得多漂亮，良宵步月真輕盈，想她使得我心傷。月亮出來流清輝，美人長得多俊美，月下行來步生花，想她使得我心碎。月亮出來照四方，美人長得多漂亮，步履舒緩月下行，想她使得我斷腸。

點評

中國古典詩歌中的月亮，從《詩經》的〈月出〉篇中升起，橫過漢魏六朝的天空，在唐宋詩詞中匯成了一個多彩多姿的月世界。月亮作爲詩詞中的傳統意象，寫月夜懷人的愛情詩〈月出〉，確實是它最初的一縷清輝，光照百世，如張九齡的〈望月懷遠〉，如蘇軾的〈前赤壁賦〉。

越人歌

楚　辭

今夕何夕兮，搴舟中流①？
今日何日兮，得與王子同舟？

蒙羞被好兮②，不訾詬恥③：

心幾煩而不絕兮④，得知王子⑤。

山有木兮木有枝，心說君兮君不知⑥！

注釋

①搴：本意為拔起、揭起，此處為盪、划、駕之意。

②被：同「披」，披露，展示。

③不訾：不計較。詬恥：恥辱，羞辱。

④幾：多也。

⑤知：知友、知己，此處為愛戀之意。

⑥說：通「悅」，喜愛。

譯文

今夜是什麼良夜啊，能夠放船河的中流？今日是什麼好日啊，能夠與王子同乘輕舟？蒙受恥笑啊我也要顯示自己美好的容貌，不計較別人的譏嘲會帶來辱羞。心中有許多不絕的憂煩啊，我希望成為王子你的知心朋友。山上有樹啊樹木有枝枒，我喜愛你啊你怎麼視若無睹！

點評

據西漢劉向《說苑》記載，楚康王之弟鄂君子晢乘舟出遊，操舟的越地女子以越地方言唱此情歌致意。前幾句全用賦體，即現代文學術語中所謂的「白描」，最後兩句是由彼及此的比喻，以加強抒情的形象性和激動性。「今夕何夕」一語沿自《詩

一、戀情

經》，至今仍多爲愛情描寫的用語。

穆穆清風至

〔漢〕古　詩

穆穆清風至①，吹我羅衣裾。
青袍似春草，草長條風舒②。
朝登津梁上③，褰裳望所思④。
安得抱柱信⑤，皎日以爲期⑥。

注釋

①穆穆：和緩溫煦。

②條風：又稱「調風」，立春時之東北風。

③津梁：渡口爲「津」，架於津上之橋爲梁。

④褰裳：提起、掀起裙裳。

⑤抱柱信：《莊子・盜跖》：「尾生與女子期於梁下，女子不
　　來，水至不去，抱梁柱而死。」後以「抱柱」喻堅守愛情
　　信約。

⑥皎日：白日。期：期望，希望。全句說指日爲誓。

譯文

　　和緩溫煦的春風，吹拂我的衣裙。他的青袍像碧綠的春草，春風碧草使我憶念遠人。早晨來到渡口的橋樑，爲瞻望他提起裙裳而上。希望他能忠誠守信，指日盟誓地久天長。

點評

　　此處所說「古詩」，指漢末一些五言詩流傳後世，但題目失傳，作者無考，晉代以來就被名爲「古詩」。此詩寫春日女子懷人，見碧草而思戀人的青袍，是情景交融的筆墨，促進中國古典詩學中「情景交融」的美學規範的形成，並遙啓宋代詞人「記得碧羅裙，處處憐芳草」的詩思。

上　邪

〔漢〕樂　府

上邪①！
我欲與君相知②，長命無絕衰③。
山無陵④，江水爲竭，

一、戀情

冬雷震震，夏雨雪⑤，天地合，

乃敢與君絕！

注釋

①上：天。邪：同「耶」。上邪即「天啊」，即指天誓日。
②相知：相親相愛。
③長：永遠，永久。命：令、使。
④陵：山丘、丘陵。
⑤雨雪：下雪、落雪。此處「雨」爲動詞。

譯文

蒼天爲證啊！我要和你相親相愛，使它永遠也不衰退斷絕。如果巍巍高山變爲平地，滔滔江水一朝枯竭，冬天雷聲轟隆，夏天飄飛大雪，天與地合在一起，我才敢和你訣別！

點評

「樂府」本是漢武帝時設立的音樂機關，後將其採集的配樂之詩稱爲「樂府」。〈上邪〉篇是樂府名篇，也是古代民間愛情詩中的上品。它前半部分是正抒情，直抒胸臆，後半部分反抒情，列舉五種難以和不可能發生的自然現象，層層遞進地表現對愛情的生死不渝，是唐代民間愛情詞〈菩薩蠻〉「枕前發盡千般願」的先聲。

錢塘蘇小歌

〔南朝〕樂　府

妾乘油壁車①，郎騎青驄馬②。
何處結同心③？西陵松柏下④。

注釋

①妾：古時女子自謙的稱謂。油壁車：古代婦女乘坐的車壁
　油漆的輕車。
②青驄馬：青白色的馬。
③同心：指同心結，絲帶結成連環回文式樣，象徵男女情愛。
④西陵：今浙江省杭州市西湖西岸，也名「西泠」。

譯文

　　我乘坐油壁的輕車，你騎著青白色的駿馬。何處締結同心
的盟誓？在西陵青青的松柏之下。

點評

　　〈錢塘蘇小歌〉一作「蘇小小歌」，屬於樂府「雜謠歌辭」。
蘇小小爲南齊時錢塘名妓。此詩寫青年男女的約會並訂盟，全

一、戀情

用「賦體」，即現代文學之所謂「白描」，以美好的外物外景襯托美好的愛情，輕倩華麗，音韻也有珠走泉流之妙。

子夜歌

〔南朝〕樂　府

歡愁儂亦慘①，郎笑我便喜。
不見連理樹②，異根同條起。

注釋

①歡：指所愛的人。儂：第一人稱「我」。慘：不悅，不高興。
②連理樹：兩棵樹異株而枝條糾結在一起，常用以喻恩愛
戀人。

譯文

你如果憂愁我也就憂愁，你如果歡喜我也就歡喜。君不見那青青的連理樹，根株不同但枝條卻連結在一起。

點評

　　古希臘的柏拉圖說過：「當愛神拍你的肩膀時，就連平日不知詩歌爲何物的人，也會在突然之間變成一位詩人。」此詩的女主人公爲了表達對戀人休戚與共之情，妙手拈來了「連理樹」的比喻，遙啓了白居易〈長恨歌〉「在天願作比翼鳥，在地願爲連理枝」的先河。

子夜歌

〔南朝〕樂　府

夜長不得眠，明月何灼灼①。
想聞歡喚聲②，虛應空中諾③！

注釋

　①灼灼：明亮之貌。
　②想聞：想像中彷彿聽到。歡：戀人。
　③虛應：空自答應。諾：答應之聲。

　　輾轉難眠夜漫漫，明月如同白玉盤。想像中彷彿聽到了戀人的聲音，虛自向空答應他的呼喚！

點評

　　南朝樂府是南朝的樂府機關採集的詩作，〈子夜歌〉則是其時流傳在長江下游的民歌。此詩纏綿婉約，具有南朝民歌所共同的柔性美，但它卻從長夜不眠空應假有實無的呼喚著筆，寫一位女子刻骨的相思，角度新穎，細節傳神，極具心理刻劃的深度，令讀者味之不盡。

子夜四時歌 (春歌)

〔南朝〕樂　府

春林花多媚①，春鳥意多哀②。
春風復多情③，吹我羅裳開④。

注釋

①媚：美好，可愛。

②哀：動聽，動人。

③復：更。

④羅裳：絲織的裙子。

譯文

　　春天的園林百花多麼明媚，春天的飛鳥歌聲多麼動人。還有那春風更是多情，它竟然吹開了我的羅裙。

點評

　　此詩「以樂景寫樂」，即西方詩論中所謂「客觀對應物」，以與感情相一致的景物來表現主體感情。北魏文人王德〈春詞〉的「春花綺繡色，春鳥弦歌聲，春風復蕩漾，春女亦多情」，李白〈春思〉的「春風不相識，何事入羅帷」，均從這首民歌中汲取了詩的靈感。

子夜四時歌 (春歌)

〔南朝〕樂　府

梅花落已盡，柳花隨風散。

嘆我當春年①，無人相要喚②。

注釋

①春年：華年，青春年華。

②要：通「邀」，相約相邀之意。

譯文

　　枝頭的梅花已經落盡，柳絮也已在風中飄飛四散。可嘆我正當青春的年華，竟沒有人來相邀相喚。

點評

　　〈子夜四時歌〉是東晉時流傳在長江下游的民歌，分春歌、夏歌、秋歌、冬歌四類。此詩寫少女懷春，和《詩經》中的〈摽有梅〉相似，也令人想起德國大詩人歌德的小說《少年維特之煩惱》的卷頭詩，：「青年男子誰個不善鍾情？妙齡少女誰個不善懷春？」

子夜四時歌（夏歌）

〔南朝〕樂　府

反覆華簟上①，屏帳了不施②。
郎君未可前③，待我整容儀。

注釋

①華簟：有花紋的竹蓆。

②屏：屏風，陳設於室內用以遮擋風或視線的器具。了：完
　全。不施：沒有設置。

③前：向前，上前。

譯文

在編織了花紋的竹蓆上輾轉難眠，室內也完全沒有設置屏
帳。郎君啊不要急著上前，待我梳妝打扮修飾容光。

點評

這首詩有單純而令讀者遐想的情節：女主人公久候情郎而
輾轉反側，情郎驟至而她急於梳妝整容。這令我們想到《詩經·

一、戀情

伯兮》篇中的「自伯之東，首如飛蓬。豈無膏沐，誰適爲容」。由此可見，男女雙方在外貌上的互相愉悅吸引，常常是愛情最初的不可忽視的條件之一。

子夜四時歌 (夏歌)

〔南朝〕樂　府

春傾桑葉盡①，夏開蠶務畢②。
晝夜理機絲③，知欲早成匹④。

注釋

①傾：此處爲已盡、完結解。
②蠶務：養蠶的事務。
③絲：織布機上的絲。「絲」諧音「思」，指相思。
④成匹：成一匹布。「匹」諧隱「匹配」之意。

譯文

　　春天結束養蠶的桑葉已經採光，夏天開始養蠶的事務也已完畢。日日夜夜治理織布機上的銀絲，知道她是想早些織成布匹。

點評

　　中國古典詩學中有所謂「言在此而意在彼」之說，西方詩學中有所謂「深層結構」和「象徵意蘊」的理論，這首詩就是如此。詩的表層是描寫採桑、養蠶而至於織布的勞動過程，深層或者說它的象徵，則是表現女主人公對愛情的嚮往與追求，言此意彼，讓讀者思而得之。

子夜四時歌 (夏歌)

〔南朝〕樂　府

春別猶眷戀①，夏還情更久②。
羅帳爲誰褰③？雙枕何時有？

注釋

①猶：還。眷戀：依戀，懷念。
②還：回還，來到。久：久長。
③羅帳：絲織的帳子。褰：揭起，撩起。

譯文

　　春天的離別已經使人懷想，你要夏日才回來離情更爲久長。我將爲誰揭開輕飄的羅帳？什麼時候才能將雙枕安放婚床？

點評

　　從詩的後兩問來看，詩的女主人公的婚事尚不明朗，這也許是「父母之命」的壓力，但也許是女主人公對戀人的激問之辭，表現她的思嫁而深恐有變的心理。一首好詩，其意蘊可有「單解」，也可有「雙解」甚至「多解」，讓讀者獲得更多樣更豐富的審美喜悅。

子夜四時歌 (秋歌)

〔南朝〕樂　府

仰頭看桐樹①，桐花特可憐②。
願天無霜雪，梧子解千年③。

注釋

①桐樹：落葉喬木，有泡桐、油桐等多種，此處指梧桐。

②特：特別，十分。可憐：可愛。

③梧子：梧桐之實。「梧」與「吾」諧音，「梧子」即「我你」之意。「解」：本意為剖開、分散，此處可作能夠、得到之意。

譯文

擡頭觀看高高的梧桐樹，桐花開得多麼可愛。希望老天爺不要降下霜雪，讓桐子掛滿枝頭千年不衰。

點評

杜甫有「碧梧棲老鳳凰枝」的名句，可見梧桐在中國人的審美心理中是一種祥瑞之木，何況「桐」與「同」形近音諧？此詩表層是寫梧桐，深層則是表現詩的抒情主人公對美好愛情的渴望與祝願，連結二者的橋樑則是民族的審美心理和民歌傳統的諧音手法。

子夜四時歌 (冬歌)

〔南朝〕樂 府

淵冰厚三尺①，素雪覆千里②。
我心如松柏，君情復何似③？

注釋

①淵：深潭。

②素：白，白色。

③復：又。何似：像什麼。

譯文

深潭的堅冰厚達三尺，皚皚的白雪覆蓋千里。我對你的愛心如不凋的松柏，你對我的感情可用什麼來比擬？

點評

歲寒然後知松柏之後凋也，在中國古典文學中，松柏是一個有特定内蘊的象徵意象，也是一個傳統的原型意象，文人多用以象徵氣節，民間則多用以象徵愛情，此詩就是如此。全詩在前三句的層層鋪墊之後，最後逼出一問，更覺詩情婉轉，含意深長。

子夜四時歌 (冬歌)

〔南朝〕樂 府

途濕無人行①，冒寒往相覓②。
若不信儂時，但看雪上迹③。

注釋

①途濕：道途因雨雪而濕滑。
②相覓：相尋，尋覓。
③但：只，且。

譯文

　道路濕滑沒有行人，我冒著風寒去把你尋覓。你若是不相
信我時，且看雪地上那深深的足迹。

點評

　這是一位女子向她的情人的自白。是她找到了意中人之後
向他表白呢？還是尋而未得，情人忽然到來時她的追述呢？作

品沒有去作笨拙的說明，而是留下許多供讀者的審美想像作再創造的空白，如同繪畫中的「留白」，刺激讀者對規定情境的自由聯想。

子夜四時歌 (冬歌)

〔南朝〕樂　府

果欲結金蘭①，但看松樹林②。
經霜不墮地③，歲寒無異心④。

注釋

①金蘭：《易經》：「二人同心，其利斷金；同心之言，其臭（氣味──引者注）如蘭。」「金蘭」指交誼深厚，後引申為結拜兄弟之詞。

②但：只。

③不墮地：此處指樹葉不凋落。

④異心：二心，離異之心。

譯文

你如果想和我結成金蘭之好，就請看青蒼的松柏樹林。霜侵雪壓樹葉也不凋落，氣候嚴寒它也沒有和樹幹離異之心。

點評

此詩與另一首〈子夜四時歌〉之「我心如松柏，君情復何似」的詩意大致相同，但同中有異，前者的比喻著重在松柏的整體，同時以設問出之，後者則從樹葉與樹身的關係取喻，出之以直白。主旨相同，喻體與喻依相同，但在表現上仍然力求有所創造。

子夜四時歌 (冬歌)

〔南朝〕樂　府

何處結同心①？西陵柏樹下②。
晃蕩無四壁，嚴霜凍殺我③。

注釋

①結同心：締結同心之好。「同心」指男女間締結愛情關係。

②西陵：西邊的山丘。也可能指一地名。

③凍殺：凍死，形容嚴寒砭骨。

譯文

在哪裡締結百年之好？去西邊山丘的柏樹之下。四周無遮無攔北風呼嘯，我等候你不怕嚴霜凍殺。

點評

在此詩中，「柏樹」雖是象徵物但也是人物活動的背景，詩的重心在後兩句，以客觀的嚴寒反襯主觀的愛情的熾烈與忠誠。這是對同一母題的又一種表現方式，如同法國大作家巴爾札克所說：「真正的愛情總是一模一樣的，但愛情的表現形式則各有不同。」

讀 曲 歌

〔南朝〕樂　府

思歡不得來，抱被空中語①。
月沒星不亮②，持底明儂緒③？

注釋

①抱被：抱著、摟著被子。

②星不亮：星星不明。諧音「心不諒」。

③持底：拿什麼。明：照見兼表明，一語雙關。

譯文

我思念情人他卻久久不來，我只得抱著被子凝望夜空喃喃自語。月亮隱沒星星也不再閃光，拿什麼來表明我思念你的愁緒？

點評

〈子夜歌〉有「想聞歡喚聲，虛應空中諾」之語，是頗具心理表現深度的筆墨，此詩之「抱被空中語」同中見異，異中見同，通過寫女主人公的喃喃自語，表現長夜懷人的如癡如醉。後兩句之諧音雙關，仍然是民歌的看家本領。

讀曲歌

〔南朝〕樂　府

種蓮長江邊，藕生黃蘗浦①。
必得蓮子時②，流離經辛苦③。

注釋

①藕：諧音「偶」。黃蘗：一種植物，味苦，此處象徵「苦」。
　浦：水濱。
②蓮子：諧音「憐子」。
③流離：四處奔波跋涉。

譯文

　　種蓮在長江之旁，蓮藕生長在苦水之浦。要想得到蓮子啊，
就必須經歷奔波跋涉之苦。

點評

　　曲折盡情的雙關隱語，是南朝樂府民歌的習用手法，而「蓮
藕」則更是常常用來作為愛情的比附與象徵。此詩也是這樣，
但在諧音雙關方面更覺婉而有致，曲而盡情。它所表現的美好
愛情必須歷經辛苦才能獲致的主題，可以供讀者引申聯想，具

有相當的哲理意味。

讀曲歌

〔南朝〕樂　府

思歡久①，
不愛獨枝蓮②，
只惜同心藕③。

注釋

①歡：對所愛的人的稱謂。

②獨枝蓮：與比喻夫妻恩愛的「並蒂蓮」相對。蓮的每根莖
上一般只開蓮花一朵，叫「獨枝蓮」。

③同心藕：蓮的地下莖即為藕，藕有許多眼孔，而且幾節連
生。「藕」諧音「偶」。

譯文

我思念所愛的人日子太久太久，我不愛那僅開一朵花苞的
獨枝蓮，只喜歡那心心相通相同的藕。

點評

〈讀曲歌〉也是南朝時流行在長江下游的民歌。「讀曲」又作「獨曲」，意謂演唱時不奏樂器。此詩就地取材，以蓮藕的不同形態爲喻，表達了抒情主人公對愛情的追求，具有中國民族的審美心理特色，西方詩人歌詠愛情，則往往離不開玫瑰，如德國詩人歌德的〈野玫瑰〉，如英國詩人彭斯的〈一朵紅紅的玫瑰〉。

讀 曲 歌

〔南朝〕樂　府

折楊柳①，
百鳥園林啼，
道歡不離口②。

注釋

①折楊柳：古人送行時常折柳相贈以惜別。
②道：講說，呼喚。

譯文

攀折青青的柳枝，憶起別離的情景。滿園的鳥兒聲聲啼鳴，聲聲都是在呼喚我的情人。

點評

春鳥無知，它們怎麼會聲聲講說呼喚女主人公的戀人？但情之所鍾乃至神魂顛倒，就可能產生現代心理學所說的這種「心理錯覺」，這種心理錯覺在詩歌藝術上的表現之一，就是古典詩論所謂的「無理而妙」，即看似不合常理，卻深刻而感人地表現了真而且美的感情。

讀 曲 歌

〔南朝〕樂 府

打壞木棲床①，誰能坐相思？
三更書石闕②，憶子夜題碑③。

注釋

①棲床：即床，古代坐臥之具。

②書：題寫，書寫。石闕：石碑。

③子：指情郎。題碑：將心中情意書寫於石碑。「題碑」諧音「啼悲」。

譯文

思念情郎以手相擊拍打壞了木床，誰能坐在床上苦苦相思直到天光？半夜三更書寫些什麼，我將相思之情題寫在石碑之上。

點評

詩的前兩句寫主人公思念戀人的情懷，後兩句則是寫這種思念之情的抒發。民間的無名作者在這裡巧妙地運用了隱語諧音，如同六朝民歌常以「藕」諧「偶」、以「蓮」諧「憐」、以「芙蓉」諧「夫容」一樣，此詩以「題碑」諧「啼悲」，言此而意彼，別饒情味。

讀曲歌

〔南朝〕樂　府

披被樹明燈①，獨思誰能忍？
欲知長寒夜②，蘭燈傾壺盡③。

注釋

①樹明燈：點燃明燈。

②欲：想要，希望。

③蘭燈：古代用澤蘭煉成之油脂點燈，氣味芬芳，此處極言
燈美。

譯文

點燃明燈擁被獨坐於空房，誰能忍受這孤寂的懷人時光？
希望你知道在這漫長的寒夜，我對燈獨守直到燈油燃完。

點評

從廣袤的大地上和人民的心田裡湧流出來的民歌，是文學
的源頭，是不老的生命泉，古今中外的詩人，都曾經在這條源
流裡洗濯過他們的詩心，觸發過豐富的靈感。「情人怨遙夜，竟
夕起相思」，這是唐詩人張九齡有名的〈望月懷遠〉，他不是也

從這首六朝民歌中得到過藝術的啓示嗎？

讀 曲 歌

〔南朝〕樂　府

憐歡敢喚名①？念歡不呼字②。
連喚歡復歡③：兩誓不相棄。

注釋

①敢：豈敢，不敢。

②字：古人除名之外，還有人的表字。如〈離騷〉：「名余曰
正則兮，字余曰靈均。」

③連喚：頻頻呼喚。歡：古代女子對所愛的男子的稱謂，此
處更爲昵稱。

譯文

憐愛你豈敢直稱你的名？想念你不忍直呼你的字。只有連
連呼喚哥哥啊哥哥：讓我們立下永不相棄的山盟海誓。

點評

　　此詩寫一位女子對她的戀人熱烈而刻骨銘心的感情，全詩運用層層遞進的手法，先是說不敢呼名，繼之說不忍稱字，接著說只有連連以「歡」相喚，最後一語則逼出山盟海誓，如同原蘇聯詩人施企巴喬夫〈愛情要懂得珍惜〉一詩的結句：「愛情正像一首優美的歌兒，但這首歌卻不容易譜曲。」

華山畿

〔南朝〕樂　府

　　未敢便相許①，
　　夜聞儂家論②，
　　不持儂與汝③。

注釋

①相許：許可，應許。此處爲以身相許之意。
②儂家：我家。詩中女主人公自指其父母家人。論：議說，
　商談。

③汝：第二人稱「你」。

譯文

以身相許我可不敢隨意，晚上偷聽父母家人的商議，他們不想把我許配給你。

點評

全詩雖然只是由三句日常的口語所構成，在藝術手法方面傳統詩法稱之爲「賦」，但它卻直中見曲，表現了女主人公內心的矛盾和痛苦，使我們想到《詩經‧鄭風‧將仲子》篇中的：「豈敢愛之，畏我父母。仲可懷也，父母之言亦可畏也。」從中認識封建婚姻制度的罪惡。

華山畿

〔南朝〕樂　府

奈何許①！
天下人何限，
慊慊只爲汝②！

注釋

①許：語尾助詞。

②慊慊：憾恨，不滿足。

譯文

這叫我怎麼辦啊！天下有無數的兒男，但我只為了思念你而感到空虛悵憾！

點評

〈華山畿〉為南朝時流行在長江下游的民歌。此詩開篇即是一聲浩嘆，如一記沈重的鐘聲，繼之女抒情主人公對舉成文，以天下芸芸男子的無限與癡情專注於一人作強烈的對比，表現了自己對愛情的執著和不能自已的哀愁，雖為直抒胸臆之辭，卻有餘音繞樑之韻。

華山畿

〔南朝〕樂　府

夜相思，

風吹窗簾動，

疑是所歡來①。

注釋

①所歡：「歡」爲民歌中情人的代稱，此處意爲所愛的人。

譯文

　　長夜相思苦況難挨，夜風吹拂窗簾動，我懷疑是所愛的人終於到來。

點評

　　情之所鍾，往往產生幻覺或錯覺，詩中表現幻覺或錯覺的佳作不勝枚舉，此詩就是一例。它以「窗簾動」的細節作爲構思的中心，細膩而有餘味地表現了抒情女主人公的心理錯覺，開王實甫《西廂記》「待月西廂下，迎風戶半開。拂牆花影動，疑是玉人來」的先聲。

千葉紅芙蓉

團扇郎

〔南朝〕樂　府

七寶畫團扇①，燦爛明月光②。
餉郎卻暄暑③，相憶莫相忘！

注釋

①七寶：七種珍寶。一般指用金銀瑪瑙等作裝飾的器物，如
　七寶床、七寶硯爐等。畫：此處爲裝飾之意。團扇：有柄
　之圓扇。

②明月光：一以取團扇圓如明月，一以指素絹製成的團扇之
　潔白。

③餉：贈給，贈與。卻：除去。暄暑：暑熱，溽暑。

譯文

多種珍寶裝飾的團扇，圓圓地閃耀明月的光芒。贈給郎君
除去暑熱，但願長相思念不相忘！

點評

〈團扇歌〉屬「吳聲歌曲」。在中國古典詩歌和民歌中，團
扇因爲常常被用來作爲情愛的象徵而成了一個「原型意象」。此

一、戀情

詩是中國詩歌中最早的以團扇寄寓情愛的作品之一，後世的許多同類題材的作品，都或多或少地沐浴了它的清風。

青溪小姑曲

〔南朝〕樂　府

開門白水①，側近橋樑②，
小姑所居，獨處無郎。

日暮風吹，葉落依枝，
丹心寸意③，愁君未知。

注釋

①白水：水流，此處指溪水如同白練。
②側近：近側，旁邊。
③丹心：赤心，忠貞的心，此處指情愛。

譯文

青溪小姑開門就是如白練的溪水，側面不遠是一座小小的

橋樑，她似空谷的幽蘭自開自放，一人獨自居住沒有情郎。

　　夕陽西下晚風吹拂之時，欲墜的殘葉依戀著樹枝，我空懷一片赤心和千般情意，憂愁的是郎君怎麼得知。

點評

　　這兩首詩屬「吳聲歌曲」，前爲正曲，以第三人稱手法出之，後爲副曲，乃青溪小姑所唱。據吳均《續齊諧記》等書記載，青溪小姑亦神亦人。正曲寫「獨處無郎」，副曲寫「愁君未知」，各有側重，相映成文，共同創造了空靈蘊藉而刺激讀者審美想像的詩境。

青陽度

〔南朝〕樂　府

　　碧玉擣衣砧①，七寶金蓮杵②。
　　高舉徐落下③，輕擣只爲汝④。

注釋

　　①擣衣砧：搗衣石。

②金蓮：蓮花的一種。杵：捶衣的木槌。

③徐：慢慢地，緩緩地。

④輕擣：諧音「輕禱」，即輕聲地祝禱。

譯文

搗衣砧如同晶瑩的碧玉，用飾以七寶與金蓮的棒槌搗衣。高高舉起慢慢落下，輕輕地擣啊只是爲了你。

點評

〈青陽度〉是南朝時流行在長江中游和漢水流域的民歌。此詩以諧音雙關的藝術手法，寓「輕擣」於「輕禱」，以外物寫內情，含而不露地表現了女主人公對情人的祝福和對美好愛情的嚮往，而砧杵之華美，更是用以言情，烘托愛情的彌可珍貴。

襄陽樂

〔南朝〕樂　府

女蘿自微薄①，寄托長松表②。
何惜負霜死③，貴得相纏繞④。

注釋

①女蘿：柔弱的植物，或云菟絲，或云松蘿。微薄：小，賤，此處爲微不足道之意。

②松表：松樹之梢。

③負：被覆，負載。

④纏繞：糾結環繞，喻不可分開。

譯文

女蘿柔弱而微不足道，它寄托在高高的松樹之梢。哪裡在乎負載霜雪而死，珍貴的是能和松樹互相纏繞。

點評

〈襄陽樂〉是南朝時流行在襄陽地區的民歌。此詩雖顯示了封建時代女人對男人的依附，但其動人之處仍然是表現了對忠貞愛情的執著追求。比喻，是詩國的驕子，沒有比喻就沒有詩，沒有出色的比喻就沒有出色的詩，此詩也是以比喻結撰成章，比喻使全詩遍體生輝。

西烏夜飛

〔南朝〕樂　府

暫請半日給①，徙倚娘店前②。
目作宴瑱飽③，腹作宛惱飢④。

注釋

①給：供給，給養。
②徙倚：徘徊，流連。娘：姑娘，女子。
③瑱：美玉。
④宛惱：憂愁煩惱。

譯文

暫時求得半日的給養，徘徊在姑娘的店門之前。矚望佳人眼睛像吃飽了美玉，腹中卻有憂煩在熬煎。

點評

〈西烏夜飛〉是南朝時流傳在長江中游和漢水流域的民歌。此詩的側面描寫頗爲成功，姑娘的美貌和動人並沒有一處正面落筆，但卻紙上有人，令人想像，即是因爲著力寫男主人公的「目飽」而「腹飢」的感受。秀色可餐而愁腸百結，「飽」與「飢」

是矛盾語，對舉成文，頗見表現的深度和語言的張力。

作蠶絲

〔南朝〕樂　府

春蠶不應老，晝夜常懷絲①。
何惜微軀盡，纏綿自有時②。

注釋

①懷絲：一語雙關，諧音「懷思」。
②纏綿：亦爲雙關語，以絲之纏綿象徵戀人情意之纏綿。

譯文

　　春蠶本不應如此迅速地老去，只因爲它日日夜夜地吐放柔絲。它哪裡會憐惜自己的生命消失，只要柔絲纏綿有吐盡之時。

點評

　　此詩屬樂府〈西曲歌〉，是南朝時流行在長江中游和漢水流域的民歌。此詩全用比喻，或者說全用象徵。較之古代詩歌中

習用雙飛蝶、鴛鴦鳥、並頭蓮、連理枝來比況愛情，此詩以春蠶與蠶絲爲喻，是愛情比喻中的變奏，遙啓唐詩人李商隱〈無題〉中「春蠶到死絲方盡」的詩思。

江陵女歌

〔南朝〕樂　府

雨從天上落，水從橋下流。
拾得娘裙帶①，同心結兩頭②。

注釋

①娘：古代對少女的稱呼。

②同心結：用錦帶打成的連環回文樣式的結子，象徵男女相
　愛。

譯文

　　雨從高高的天上飄落，水從彎彎的橋下奔流。拾得妳美麗的裙帶，打成同心結緣締兩頭。

千葉紅芙蓉

點評

　　前面兩句是民歌中所習用的起興，特具音韻之美，而且自然地引發下文，同時也順理成章地成爲後兩句所寫的愛情的象徵。後兩句直寫其事，直抒己情，但這種「情」並非抽象的直白說明，而是選擇「裙帶」這一使人聯想的外物，繼之以「同心結」的象徵，如此便覺俚而不俗，韻味悠然。

捉搦歌

〔北朝〕樂　府

　　誰家女子能行步①，反著袂單後裙露②。
　　天生男女共一處，願得兩個成翁嫗③。

注釋

①能行步：走路輕捷靈敏。
②袂：「夾」的異體字。袂單：單衣。裙：古代指下裳。以
　　上衣下裳之不調，反喻男女婚配應和諧。
③翁：男之老者。嫗：女之老者。此處引申爲有情人成爲眷

屬，白頭偕老。

譯文

誰家的女子步履多麼輕靈，反著夾衣後裙外露。天生成男女應該在一起，祝願我們倆偕老白頭。

點評

〈捉搦歌〉是我國北方十六國時代少數民族的情歌。「捉搦」為捉弄、嘲戲之意。南北朝時女子上穿對襟大袖衫，下穿長裙，如上衣「反著」，則「後裙」自露，作者以衣裳喻夫妻，歌唱有情人應該終成眷屬，白頭偕老，地久天長。

捉搦歌

〔北朝〕樂　府

黃桑柘屐蒲子履①，中央有絲兩頭繫②。
小時憐母大憐婿③，何不早嫁論家計④？

注釋

①黃桑：常綠灌木，中心爲黃色，質地細密。柘屐：以黃桑
　木做的木屐。蒲子履：用蒲草編織的鞋子。
②絲：木屐蒲鞋的中間有絲繩相繫。此處之絲諧音「思」。
③憐：愛。
④家計：家庭生計。論：管理、經營。

譯文

　　黃桑木做的屐蒲草編的履，它們的中間各有絲繩在維繫。
小時愛戀母親大時愛戀夫婿，何不早日出嫁管理家庭生計。

點評

　　這是一首別具風情的歌，寫一個男子對一位未出嫁的少女
的戲謔，如聞紙上有人，令人遐想。首二句義兼比興，語涉雙
關，後兩句代人立言，諧趣幽默。《詩經·鄭風·溱洧》篇說：
「維士與女，伊其相謔。」這首北朝民歌大約是其流風餘韻。

一、戀情

折楊柳歌辭

〔北朝〕樂　府

腹中愁不樂，願作郎馬鞭。
出入攬郎臂①，蹀坐郎膝邊②。

注釋

①攬：環繞，懸掛。
②蹀坐：「蹀」爲行走，蹀坐意爲行與坐。

譯文

心中啊憂愁而不快樂，只希望變作你的馬鞭。出入都環繞在你的手臂，行坐都不離開你的膝邊。

點評

〈折楊柳歌辭〉是北朝流行的民歌，具有剛健清新、直爽率眞的特色。此詩寫女子對郎君的愛戀，和南方愛情民歌婉轉纏綿的風格大異其趣。其中的「願作」的奇想，啓發了後來許多文人的靈感，例如陶淵明〈閒情賦〉中的「願在髮而爲澤」、「願在眉而爲黛」等等柔情綺思，不正是承襲了前人的一脈心香嗎？

慕容家自魯企由谷歌

〔北朝〕樂　府

郎在十重樓，女在九重閣①。
郎非黃鷂子②，那得雲中雀？

注釋

①重：多，深，重疊。此處之「十重」、「九重」均爲形容樓
閣之複疊和高峻。
②鷂：食肉之鳥。「黃鷂子」即黃色羽毛之鷂。

譯文

你住在十層的高樓，我住在九層的峻閣。你如果不是一飛
沖天的鷂子，怎麼能捉到翩飛的雲中之雀？

點評

此爲十六國時代慕容鮮卑族的一首愛情詩。詩題雖難通
解，但全詩具有鮮明的地域色彩和民族特色，表現北方少數民

族女子對愛情的追求，大膽率眞，全無南朝民歌的婉轉低迴，更沒有文人愛情詩的那種雅致文飾，一派天機雲錦，一派勝概豪情。

竹　枝

〔唐〕民　歌

盤塘江口是奴家①，郎若閒時來吃茶。
黃土築牆茆蓋屋②，門前一樹紫荊花③。

注釋

①盤塘：江名。
②茆：通「茅」，茅草，如茆屋、茆亭。
③紫荊：樹木名，喬木，花紫紅色。

譯文

　　盤塘江口便是我的家，你若有閒請來喝香茶。黃土築的牆茅草蓋的屋頂，門前還種著一樹紫荊花。

點評

　　〈竹枝〉是唐代流傳在西南地區的民間歌謠，唐詩人劉禹錫、白居易等人均受其滋養而有許多精彩的仿作，如劉禹錫的〈竹枝詞〉「楊柳青青江水平，聞郎江上踏歌聲。東邊日出西邊雨，道是無情卻有情」即是。本詩寫一農家少女邀請情郎作客，語言富於泥土芬芳，風情宛然於言外可想。

菩薩蠻

敦煌曲子詞

　　清明節近千山綠，輕盈士女腰如束①。九陌正花芳②，少年騎馬郎。　　羅衫香袖薄，佯醉拋鞭樂③。何用更回頭？謾添春夜愁④。

注釋

①束：捆、繫。

②九陌：「陌」為田間小路，「九陌」是眾多的田野間的道路。

③佯：假裝，故意。

④謾：空，憑空。

譯文

　　千山碧綠清明節快要來到，遊春的盈盈少女束著細腰。田野間的道路上百花芳芬，騎馬往來的是年少的郎君。少女穿著絲織的衣衫香袖輕薄，少年郎假裝醉酒將馬鞭拋落。何必爲多看佳人而頻頻回頭？空添一段春夜相思的憂愁。

點評

　　這是一首見於敦煌卷子的無名氏的愛情詞。它抒寫了清明時節遊春的少年男女邂逅於花間陌上的場面，詩作者只對這一場面作集中的描繪與渲染，情節單純而激發讀者想像。全詞格調活潑清新，文字自然流暢而又雅致，從中可見民間文士作品的風姿。

雨中花

〔宋〕無名氏

我有五重深深願①。第一願、且圖久遠。

二願恰如雕樑雙燕。歲歲後、長相見。

三願薄情相顧戀②。第四願、永不分散。

五願奴哥收因結果③，做個大宅院④。

注釋

①五重：「重」之意爲「層」，五重即五個層次。

②薄情：少情，寡情。此處取其反義，指有情男子。

③奴哥：對年輕女子的昵稱，此處爲自稱。「哥」爲無實義的
語尾詞。收因結果：宋元間之俗語，意爲結果、結局、收場。

④宅院：宋元俗語，意爲宅眷、眷屬。

譯文

我有五層深深的心願。第一願是圖個日子久遠。二願如同
畫樑上的雙飛之燕，讓我們年年相守相見。三願郎君有情長相
照顧眷戀。四願永遠也不要分離。五願自己結果美滿，做個自
由幸福的宅眷。

點評

這是宋代的無名作者爲歌妓們所作的演唱之詞，其題爲
〈改馮相三願詞〉，即改南唐時曾爲宰相的馮延巳的〈長命女〉
一詞。馮詞係爲家妓所作的祝酒辭，內涵遠不及此作之深厚。
此詞表現了風塵女子的痛苦和願望，藝術上的層層遞進的手法
也相當成功。

眼兒媚

〔宋〕無名氏

楊柳絲絲弄輕柔①，煙縷織成愁。海棠未
雨，梨花先雪，一半春休。　而今往事難
重省②，歸夢繞秦樓③。相思只在：丁香
枝上④，豆蔻梢頭⑤。

注釋

①弄：玩弄，引申為戲耍。此句寫春風中嫩柳的動態。

②省：此處為察看、重現解。

③秦樓：指所戀女子的居所。古樂府〈陌上桑〉：「日出東南
隅，照我秦氏樓。秦氏有好女，自名為羅敷。」

④丁香：丁香花含苞不吐，其形如結，詩人常藉以表情腸鬱
結。如李商隱〈代贈〉：「芭蕉不展丁香結，同向春風各自
愁。」

⑤豆蔻：與丁香同為植物名，詩文中常以之象徵少女，如「豆
蔻年華」。

譯文

　　春風中的柳條舞弄得多麼輕柔，如煙如縷織成我心中的憂愁。未經雨打的海棠還在枝頭怒放，梨花如雪先開在仲春時候，但三春美景有一半已經罷休。如今啊那如煙往事難以重新撿拾，回歸的綺夢縈繞在她居住的秦樓。無盡的相思啊只有寄托在：花苞未展的丁香枝上，蕊心相併的豆蔻枝頭。

點評

　　《漢書‧藝文志》最早提出「相反皆相成也」的看法，清代王夫之《薑齋詩話》認為：「以樂景寫哀，以哀景寫樂，一倍增其哀樂。」此詞正是以樂景寫哀，以三春美景反襯如夢如幻的戀情。李白〈長干行〉的「八月蝴蝶黃，雙飛西園草；感此傷妾心，坐愁紅顏老」，不正是出自同一的詩心？

御街行

〔宋〕無名氏

　　霜風漸緊寒侵被。聽孤雁聲嘹唳①。一聲

聲送一聲悲，雲淡碧天如水。披衣告語：
「雁聲略住，聽我些兒事。 塔兒南畔城
兒裡，第三個橋兒外，瀕河西岸小紅樓
②，門外梧桐雕砌③。請教且與④，低聲
飛過，那裡有、人人無寐⑤。」

注釋

①嘹唳：形容雁鳴聲音清亮高遠。

②瀕：靠近水邊。紅樓：婦女居住之所。

③雕砌：雕花的臺階。

④請教：請。且：姑且。與：意為對待。

⑤人人：常用以指親愛的人，意為「人兒」、「那人兒」。

譯文

秋日的霜風漸漸淒緊冷氣逼侵衣被，寒夜不眠聽孤雁的鳴
聲清亮淒涼，一聲聲傳送一聲聲的傷悲，輕雲淡淡深藍色的夜
空如同秋水。我披衣起坐向天祈告：「雁兒啊請停一停，聽我
將心裡話向你說明白。那城裡的寶塔南邊，第三座小橋之外，
有一座小紅樓靠近西岸的水濱，門外是雕花的臺階和高高的梧
桐，請你飛過那裡時姑且低聲，我親愛的人兒還不曾入夢。」

點評

雁在古典詩文中常常充當信使的角色，但此詞卻別開生
面，抒情主人公直接向雁訴說他對戀人的刻骨相思，角度頗為

新穎獨特，表現細膩入微。「拔衣告語」以下的自訴純用口語，活色生香，富於生活氣息，從中可見民間詞的本色。

〔仙呂〕醉中天

〔元〕無名氏

哀告花箋紙①，囑咐筆尖兒。筆落花箋寫就詞，都爲風流事②。寄與多情豔姿，旣一心無二，偸功夫應付些兒③。

注釋

①花箋：精美的信紙。

②風流事：男女間的情事。

③偸功夫：偸閒，抽空。應付：原意爲敷衍，此處爲對付、對答之意。

譯文

苦苦求告印花的信紙，細細叮嚀寫信的筆尖。筆落花箋寫好了信，都是一些男歡女愛之言。信寄給多情漂亮的人兒，妳

既然專心對我沒有它意，也應該抽空來相親相見。

點評

這是一首無名氏所作的小令。全詞表現男主人公的戀情，卻從他對信紙而傾訴心曲這一特殊的角度落筆，可謂角度脫俗，落想不凡。德國文學批評家萊辛在〈拉奧孔〉認為，詩「應該能使人從詩所用的那一個角度，看到那一物體的最生動的形象」，此詞正是如此。

〔中呂〕紅繡鞋

〔元〕無名氏

裁剪下才郎名諱①，端詳了展轉傷悲②。把兩個字燈焰上燎成灰③，或擦在雙鬢角，或畫作遠山眉。則要我眼跟前常見你。

注釋

①名諱：名字。

②展轉：意同「輾轉」，翻來覆去，顛來倒去。

③燎：慢慢地燒。

譯文

在紙上書寫剪裁了你的名字，翻來覆去地端詳心中無限傷悲。把你的名字在燈焰上燒成灰，再將字灰擦在兩鬢，又將字灰描在雙眉，只爲了你如在眼前相依相偎。

點評

愛情，是文學的永恒的主題，也是歷代許多詩人所共同表現的母題，同題而要有一新讀者耳目的異奏，頗爲不易。此詞圍繞戀人的「名字」著筆，洗盡陳腔俗調，有藝術欣賞所珍貴的「陌生感」。詩人紀弦有一首名詩題爲「你的名字」，與此詩有異曲同工之妙。

〔中呂〕紅繡鞋

〔元〕無名氏

長江水流不盡心事，中條山隔不斷情思

①。想著你，夜深沈，人靜悄②，自來時，來時節三兩句話，去時節一篇詞③。記在你心窩裡直到死！

注釋

①中條山：山名，在山西省西南部，黃河與涑水河、沁河之間，長約160公里。

②靜悄：靜寂，悄然無聲。

③一篇詞：一番情語，或指一首詩詞。

譯文

滾滾長江水流不盡我的心事，巍巍中條山隔不斷我的相思。回想你悄悄地潛來和我幽會，常是那夜深人靜之時。來的時候說幾句多情的話語，去的時候又是山盟海誓之詞。這些情景和誓言啊，要記在你心窩裡直到死！

點評

表現女主人公對愛情的懷想與堅貞，全詩風格頗具陽剛之美，從中可見雖然同是來自民間，但北方的作品與南方的作品情味各異。這首小令的起興即氣勢不凡，結句也斬釘截鐵，首呼尾應，所謂以健筆寫柔情，與文人之作固然不同，與纏綿悱惻的南方民歌相較也大異其趣。

千葉紅芙蓉

〔仙呂〕寄生草

〔元〕無名氏

有幾句知心話，本待要訴與他。對神前剪下青絲髮，背爺娘暗約在湖山下①，冷清清濕透凌波襪。恰相逢和我意兒差②，不剌③，你不來時還我香羅帕。

注釋

①湖山：指湖山石，亦可代指假山。

②意兒差：情思不合，指對方變心。

③不剌：語氣詞，有無奈之意。

譯文

有幾句知心的話語，本來等著要傾訴給他。對著神像我剪下準備送他的一綹黑髮，背著爺和娘我和他暗自約會在湖山石下，久候不來夜深寒重露水濕透了羅襪。才和我相好就變了卦，嗨，你要是不來就還給我那香羅手帕。

點評

　　時間是萬籟俱寂的深夜，空間是偷期密約的湖山石旁，特定的時空構成了少女懷人不至的場景，作者正是選取了這樣一個生活片斷，以自訴的手法，刻劃了一位極富個性的戀愛中的少女的形象，至於以「青絲」與「羅帕」作爲定情的信物，則不獨民間爲然，《紅樓夢》中的林黛玉不也是如此？

〔雙調〕水仙子

〔元〕無名氏

　　常記的離筵飲泣餞行時，折盡青青楊柳枝①。欲拈斑管書心事②，無那可乾坤天樣般紙③。意懸懸訴不盡相思，謾寫下鴛鴦字④，空吟就花月詞，憑何人付與嬌姿？

注釋

　　①「折盡」句：古代風俗有折柳送別，「柳」，諧音「留」。
　　②斑管：此處指筆。「斑」，指斑竹，舜南巡死於九嶷山，其

妃娥皇、女英尋至洞庭君山，眼淚灑竹成斑。

③無那：無奈。可：滿，整個。

④謾：白白地，徒然地，與下句之「空」互文見義。

譯文

常記得離筵上流淚送行之時，依依惜別折盡了青春的柳枝。如今想要拿起筆來書寫心事，無奈沒有整張天地一般的大紙。訴不盡的是縈迴心中的離緒與相思，白白地寫下鴛鴦雙字，徒然地吟就花月情詞，能托誰寄給那美妙嬌姿？

點評

此曲寫相思之苦，這是古今中外詩歌中屢見不鮮的題材，莎士比亞在《羅密歐與朱麗葉》中也曾寫道：「在這些日子裡，每一分鐘，大概我都要變老幾百歲，一直到我的羅密歐再次相會。」這是西方的朱麗葉的戀情，古代中國的這位女主人公呢？她卻埋怨沒有天地一樣大的紙書寫相思，癡情新意，盡在其中。

〔雙調〕水仙子

〔元〕無名氏

一、戀情

絲綸長線寄天涯①，縱放由咱手内把②，
紙糊披就裡没牽掛。被狂風一任刮，線斷
在海角天涯。收又收不下，見又不見他，
知他流落在誰家？

注釋

①絲綸：絲爲細縷，綸爲粗縧，此處統稱放風箏的線。

②把：把捉，操縱。

譯文

放風箏的長線可以達天涯，紙鳶高飛遠翔都由我一線握
把，它紙糊而成没有其它牽掛。誰知被一陣狂風吹刮，手中線
斷在海角天涯。收又收不下來，見又見不到它，不知它現在流
落在誰家？

點評

這首小令有題目爲「喻紙鳶」，可見它是一首詠物之曲，如
同詩詞中的詠物詩或詠物詞。因此，它切於狀物，窮物之情，
盡物之態，對事物的特徵與形象作了傳神的描畫，這是它的表
層結構，同時，它也有所「寄託」，寄情於物，出乎其外，圍繞
「線」與「風箏」寫男女姻緣，這是它的深層結構。一表一裡，
不能只作一面觀。

千葉紅芙蓉

〔越調〕小桃紅

〔元〕無名氏

斷腸人寄斷腸詞①，詞寫心間事。事到頭
來不自由，自尋思，思量往日眞誠志②。
志誠是有，有情誰似？似俺那人兒。

注釋

①斷腸：形容悲痛至極，或謂令人銷魂，此處極寫相思之苦。
②眞誠志：誠心誠意。

譯文

痛斷肝腸的人寄出苦戀之詞，詞詞句句寫的是纏綿的心
事。事到如今已然情不由自，自己仔仔細細地尋思，思來想去
對他是眞心一志。志誠心切啊人間少有，有誰人和我眞情相
似？似的只有我那心上人，他和我一樣戀苦情癡。

點評

印度著名詩人泰戈爾說過：「愛就是充實了的生命，正如
盛滿了酒的酒杯。」這首小令寫的就是抒情女主人公的愛戀之

情。它運用的是「聯珠體」，修辭學中名爲「頂眞格」，即後一句的第一個字，與前一句的最後一個字相同，運用得好，並不可簡單地視爲文字遊戲，本篇譯文也仿此體式。

〔中呂〕四換頭

〔元〕無名氏

東牆花月①，好景良宵。恁記著②，低低的說，來時節，明日早些，不志誠隨燈滅③。

注釋

①東牆：男女幽會之處。《西廂記》：「拂牆花影動，疑是玉人來。」劉庭信〈塞兒令 <small>戒嫖蕩</small>〉：「今日東牆，明日西廂。」花月：本指良宵美景，此處喩男女情愛。

②恁：同「您」。

③隨燈滅：如燈之熄滅，爲賭咒發誓之辭，喩沒有好結果。

譯文

男歡女愛幽會在東牆之下，多麼美好的景色和良夜。我柔

聲軟語叮囑你可要記牢，明晚你要來啊早一些，不眞心誠意的就如燈燭之滅。

點評

幽期密約，是男女戀愛中彼此最感到甜蜜難忘的時刻，古往今來的詩作以此爲題材的不少。法國詩人普列維爾的〈公園裡〉開篇就說：「一千年一萬年／也難以訴說盡／這瞬間的永恆。」這首小令寫女主人公的聲口心態，聲發紙上，躍然如見，結尾的誓詞咒語，更可見民間男女表白私情的風采。

〔普天樂〕 **失　題**

〔元〕無名氏

他生的臉兒崢①，龐兒正。諸餘裡耍俏②，所事裡聰明③。忒可憎④，没薄幸。行裡坐裡茶裡飯裡相隨定，恰便似紙幡兒引了人魂靈⑤。想那些個滋滋味味、風風韻韻、老老成成。

注釋

①崢：非同一般，漂亮。

②諸餘裡：種種，諸樣，一切。要俏：美好之意。

③所事裡：事事，凡事。

④可憎：此處意爲可愛。

⑤紙幡：紙旗，出喪之用，舊時以爲可招魂引路。

譯文

他生的臉龐兒漂亮周正，容態美好而風度從容，樣樣事情都顯出聰明。他眞是太可愛啊，何況對我也一片眞情。行坐茶飯我都將他跟定，就好像紙幡招引了我的靈魂。念念不忘的是他的滋味風度和老實忠誠。

點評

本首以自訴或稱獨白的方式，表現了一位女子熱戀中的心曲。「情人眼裡出西施」，這是形容男人戀愛中的心理的俗諺，其實，女子何嘗不也是如此？這首小令中的女主人公，正是爲她的情郎而神魂顛倒，結句的疊詞的連續運用，就是那種神情心態的表現和強調。

〔正宮〕叨叨令

〔元〕無名氏

不思量尤在心頭記①，越思量越恁地添憔悴②。香羅帕搵不住相思淚③。幾時節笑吟吟成了鴛鴦配。兀的不盼殺人也麼哥④。兀的不盼殺人也麼哥。咱倆個武陵溪畔曾相識⑤。

注釋

①尤：此處同「猶」。

②恁地：宋元口語，如此、這般之意。

③搵：揩拭。

④兀的不：意爲這豈不。

⑤武陵溪：晉代陶淵明〈桃花源記〉所描寫之樂土仙境，此處指作者與戀人初識之地。

譯文

雖然不想念但還是牢記心中，越是思念越是平添憔悴神情。香羅手帕揩拭不盡相思的淚水。什麼時候鴛盟締結笑臉生春？這豈不是盼煞人啊！這豈不是盼煞人啊！我們曾相識在武

陵溪那樣的樂土仙境。

點評

　　開篇兩句使讀者作蘇軾〈江城子〉中「不思量，自難忘」之想，「不思量」與「越思量」對舉成文，細膩入微地表現了熱戀中的少女的懷春心理。三、四兩句以「相思淚」與「笑吟吟」作鮮明的對照，現實與憧憬相激相盪，頗具張力。五、六句直抒胸臆，反之覆之，最後以單句陡轉並收束，既是對甜蜜往事的回想，也是對美好未來的渴望。

吳　歌

〔明〕民　歌

　　約郎約到月上時，看看等到月蹉西①。
不知奴處山低月出早②？還是郎處山高
月出遲③？

注釋

　　①蹉西：偏西。

②奴：封建時代女子的自稱。

③郎處：郎的住處。

譯文

　　與郎相約見面是在月上時，左等右盼看看月兒又偏了西。不知是我的住處山低月亮升得早，還是哥哥你住處山高月亮出得遲？

點評

　　這是明代流傳於江南一帶的民歌。全詩以月爲中心意象，圍繞月意象而反覆詠唱。首句說相約見面之時是「月上」，次句見守候之久而「月蹉西」。三、四兩句出之以癡想與癡問：「月出早」，「月出遲」？初戀少女的柔情與輕怨，還有許多未曾道出的潛臺詞，都刺激讀者去想像得之。

吳　歌

〔明〕民　歌

乞娘打子好心焦①，寫封情書寄在我郎

標；有舍徒流②、遷配、碎剮、凌遲③，天大罪名阿奴自去認，教郎千萬再來遭！

注釋

①乞：給，被。子：了，吳語中的語助詞。

②舍：即「啥」，什麼之意。

③凌遲：亦作「陵遲」，俗稱「剮刑」，始於五代的一種最殘酷的死刑。

譯文

給娘打了我是多麼心焦，寫封書信寄給我的情郎知道，有什麼徒刑、流放、凌遲與碎剮，天大的罪名我一肩承擔不求饒，只要教情郎啊千萬再來一遭！

點評

明代由於出現了資本主義的萌芽，產生了市民階層，開放的風氣孕育了更多的潑辣大膽的民歌，本詩就是其中之一。全詩寫小女子挨打後給情郎書信，刻劃了一位堅貞無畏的與封建禮教作鬥爭的少女形象。如同莎士比亞所說：「愛是一種甜蜜的痛苦。真誠的愛情永不是走一條平坦的道路。」

劈破玉

〔明〕民　歌

　　碧紗窗下描郎像①。描一筆，畫一筆，想
著才郎，描不出，畫不就，添惆悵②。描
只描你風流態，描只描你可意龐③，描不
出你的溫存也④，停著筆兒想。

注釋

①描：描繪，描畫。

②惆悵：傷感愁悶的失意之狀。

③可意龐：可愛的臉龐。

④溫存：溫柔體貼。

譯文

　　在碧紗窗下描繪郎的形象。描一筆畫一筆想著情郎，描不
出畫不成平添惆悵。描得出的是你瀟灑的姿態，描得出的是你
可愛的臉龐，你的溫存體貼怎能描得出啊，我只得停住筆兒癡
癡地想。

點評

　　此詩有頗為巧妙的構思。全詩圍繞「畫郎像」這一典型的細節展開想像，以「描得出」與「描不出」形成令人興味盈然的對比，生動地刻劃了一位懷春少女的形象，傳神地表現了她的心理活動。「停著筆兒想」，是全詩悠然不盡的筆墨，也留給了讀者廣闊的聯想與想像的餘地。

時尚急催玉

〔明〕民　歌

　　相思病，相思病，相思病害得我非重非輕①，相思病害得我多愁多悶。喜鵲都是假，燈花結不靈②。《周易》文王先生③，文王先生，你就怪我差些也罷，你的卦兒都不準④！

注釋

　　①非重非輕：偏義詞組，意為不輕。

②燈花：燈心餘燼所結之花形，預兆喜事。如杜甫詩：「燈
　花何太喜，綠酒正相親。」
③周易：也稱「易經」，相傳爲周文王作辭，伏羲畫卦。
④卦：《周易》中象徵自然與人事的符號，古時以之占卜吉
　凶。

譯文

　相思病啊相思病，相思病害得我實在不輕，相思病害得我
多麼愁悶。雀兒報喜都是假，燈花兆喜也不靈。作《周易》的
文王先生啊文王先生，你就怪我責我也罷，你的卦兒說的都不
準！

點評

　〈時尚急催玉〉是明代中葉流行的民歌。此詩前三句中疊
用四次「相思病」，「非重非輕」與「多愁多悶」對舉成文，反
覆強調，直抒其情。第五、六句遷怨於「喜鵲」與「燈花」，對
民俗傳統的喜兆予以否定，大約是女主人公多次占吉而情郎始
終不至吧，她最後竟埋怨起卜卦來，癡情憨態，躍然於紙上。

時尚急催玉

青山在，綠水在，冤家不在①。風常來，雨常來，情書不來。災不害，病不害，相思常害②。春去愁不去，花開悶未開。倚足著門兒，手托著腮兒，我想我的人兒淚珠兒汪汪滴，滿了東洋海，滿了東洋海。

注釋

①冤家：本意爲仇人，死對頭。舊時昵稱所愛的人，是愛極的反語。

②相思常害：即常害相思病之意。

譯文

青山綠水仍然在，但情人卻已經不在。時風季雨常常來，但情人的書信卻不來。我無災也無病，只是相思之情太難挨。春天已逝我的愁不去，花兒已開我的悶未解。倚著門框手托腮，我想念情郎啊雙淚流，流的淚水漲滿了東洋海，流的淚水漲滿了東洋海。

千葉紅芙蓉

點評

　　同是寫相思，此詩卻又是另一番面目，別一種風采，可見詩貴創造，詩的創造天地也極為廣闊。詩的前四句以對比的手法與句式結撰成章，後三句從女主人公的情態著筆，以極度誇張表現她的相思之苦。至於排比句、對偶句及三三四句式的運用，不僅有感染力地表現了內容，也加強了詩的音韻之美。

桂枝兒

〔明〕民　歌

　　恨風兒，將柳陰在窗前戲①，驚哄奴推枕起②。忙問是誰？問一聲，敢怕是冤家來至③。寂寞無人應，奴家問語低，自笑我這等樣的癡人也，連風聲兒也騙殺了你④。

注釋

①戲：遊戲，嬉戲。此處寫風吹柳絲。

②哄：騙。

③來至：來到。

④騙殺：騙死，極言受其欺騙。

譯文

可恨風兒在窗前搖曳柳條嬉戲，騙得我推開枕頭一驚而起。連忙問一聲誰在外面，只怕是冤家他來到跟前。四周靜悄無人答應，我口問心心問口問語聲低。禁不住癡人自己笑自己，連過路的風聲也騙死了你。

點評

「錯覺」，是一種特殊的心理現象，也是心理學上的專有名詞，如「幾何錯覺」、「大小錯覺」、「運動錯覺」等等。文學作品中也有許多對人物的錯覺的精彩描寫，此詩就是一例。〈桂枝兒〉原名「打棗竿」，後傳入南方改為此名，從此詩可見民間少女因錯覺而自怨自艾的動人形象。

桂枝兒

〔明〕民　歌

隔花陰，遠遠望見個人來到，穿的衣，行的步，委實苗條①，與冤家模樣兒生得一般俏②。巴不得到眼前，忙使衫袖兒招③。粉臉兒通紅羞也，姐姐你把人兒錯認了。

注釋

①委實：的確，確實。
②俏：容態輕盈美好。
③使：用，使用。

譯文

　　隔著花影遠遠望見一個人來到，他的衣裳步態確實輕盈美好，跟我那情郎樣子長得一般俊俏。恨不得他就到我面前，忙揮動衣袖向他招搖。唉，粉紅的臉蛋怎麼飛漲紅潮，啊，原來是姐姐妳把人兒認錯了。

點評

　　這又是詩歌中寫人物錯覺的精彩一例。它寫的是所謂「遠近錯覺」，少女思春，神魂顛倒，她遠望來人以為是意中人而揮袖相招，及至近處始知錯認。全詩主要部分寫少女的錯覺與情態，是第一人稱的寫法，最後兩句以第三人稱轉換，近似電影中的插白或旁白，點明「錯認」，諧趣橫生。

桂枝兒

〔明〕民　歌

要分離除非是天做了地，要分離除非是東做了西，要分離除非是官做了吏①。你要分時分不得我，我要離時離不得你，就死在黃泉也做不得分離鬼②。

注釋

①吏：專指官府中的胥吏或差役。舊時也通稱大小官員。

②黃泉：原指地下泉水，後指人死後所在的陰間。

譯文

要分離除非天變成了地，要分離除非東變成了西，要分離除非官變成了吏。你要分開分不得我，我要離時離不開你。就是死後到陰間，做鬼也要雙雙在一起。

點評

這是民間男女的山盟海誓，沒有文人的雅致，而有泥土的

芬芳。全詩圍繞「分離」著筆，前三句均以「要分離」領起，分別陳述三種相反而不可互代的事象，以示不可分離。三、四句你我分説，這是寫實，最後一句你我合一，此爲想像。全詩斬釘截鐵，一氣呵成，是忠貞愛情的山盟海誓，是對封建婚姻制度的挑戰書。

桂枝兒

〔明〕民　歌

爲冤家造一本相思帳①，舊相思、新相思，都是明白帳。舊相思銷得了②，新相思又上了一大樁。把相思帳拿來和你算一算，還了你多少，不知還欠你多少想？

注釋

①帳：亦作「賬」，錢物出入的記錄，如帳目、帳簿、帳戶。

②銷：消除，取消，此處意爲從帳上勾銷的銷帳。

一、戀情

譯文

　　爲情郎造一本相思簿，舊相思加上新相思，都是明明白白的帳。以往的相思勾銷了，新的相思又添加一大椿。把相思帳簿拿來和你算，不知還了你多少債，還欠你多少想？

點評

　　同是花，卻千姿百態，各有它們不同的色澤與芬芳，同是寫「相思」這一許多作者與作品不厭重複的主題，優秀的作者能獨出機杼，出色的作品能別開生面。此詩就是如此，抽象的相思之情化爲具象的帳簿，「新」與「舊」，「了」與「欠」，使讀者具體可感，也令讀者玩味不盡，如果訴之於平板的直說，就會味同嚼蠟了。

山　歌

〔明〕民　歌

　　梔子花開六瓣頭①，情郎哥約我黃昏頭②。日長遙遙難得過，雙手扳窗看日頭。

注釋

①梔子：木名，常綠灌木，夏季開花，白而香。果實名梔子，
　可入藥，亦可作黃色染料。
②黃昏頭：即黃昏。「頭」爲語尾助詞。

譯文

　　梔子花開六瓣香，情哥約我月初上。度日如年難得過，扳窗看日下山崗。

點評

　　英國大詩人拜倫說過：「時間能考驗眞理和愛情。」漫長的時間是如此，短促的時間不也可以考驗？就物理時間而言，一天並不算很長，但就急盼與情人相會的有情人的心理時間而論，卻使我們想到一本外國小說的名字：「短促生命中漫長的一天」。此詩正是著筆於度日如年的心理時間，表現了主人公對愛情的熱切與渴望。

山　歌

〔明〕民　歌

不寫情詞不寫詩，一方素帕寄心知①。心知接了顛倒看，橫也絲來豎也絲②，這般心事有誰知？

注釋

①素帕：白色絲織手帕。心知：知己，知心人。
②絲：雙關語，諧音「思」。字面說橫與豎都是絲，深層意義則指橫豎都是相思。

譯文

沒有多情之詞也沒有題詩，一方白絲手帕寄給我的心知，知心人接了倒來倒去地看，橫也是絲（思）來直也是絲（思），有誰能夠了解我的心思？

點評

「諧音」，是一種修辭格，也是民歌中傳統的藝術表現方法，它利用語音相同或相近作爲條件來表情達意，一音兩指，一語雙關，收到言在此而意在彼的藝術效果。此詩「絲」與「思」

諧音，巧妙地以「一方素帕」爲詩的意象，沒有直抒其情，但其深情蜜意卻讓讀者於言外可想。

山　歌

〔明〕民　歌

　　丟落子私情咦弗通①，弗丟落個私情咦介怕老公②，寧可撥來老公打子頓③，邺捨得從小私情一旦空④！

注釋

①私情：此處指男女的婚外戀之情。弗：不。
②老公：廣州方言稱丈夫爲「老公」。
③撥來：賺來，招來。打子頓：打一頓。
④邺：音「那」，廣州方言，哪裡的意思。

譯文

　　想丟掉跟情人的私情又不忍心，不割捨私情又害怕自己的老公，我寧可招來老公一頓打，哪捨得青梅竹馬的私情一旦成

一、戀情

空！

點評

　　這首詩，是一位少婦的未被泯滅的人性的呼聲，也是她反抗封建婚姻制度的吶喊。她與她的情人青梅竹馬，兩小無猜，但天下的有情人卻不能成爲眷屬，詩的前兩句表白的是她內心尖銳的矛盾，眞實而富於張力，後兩句顯示的是她解決內心矛盾之後的抉擇，剛強果決，如聞紙上有人。

山　歌

〔明〕民　歌

　　乞娘打子滿身靑①，寄信敎郎莫吃驚。我是銀匠鋪首飾由渠打②，只打得我身時弗打得我心。

注釋

　　①子：了，方言中的語助詞。

　　②渠：吳地方言，即「他」。辛棄疾〈賀新郎 同父見和再用前

韻〉：「問渠儂：神州畢竟，幾番離合？」

譯文

被娘打了我滿身青紫傷痕，寄信給情郎叫他不要心驚。我是銀匠鋪裡的首飾由她去打，只打得我的皮肉打不動我的心。

點評

〈山歌〉本來都是明代的民間小曲，由明代文人馮夢龍搜集整理而成。前面我們賞析了一首〈吳歌〉，此詩與之同中見異，同是遭了娘的責打，同是給情郎寫信，前者的女主人公願承擔任何罪罰，只望情人再來見面，此詩則出之以巧妙的比喻，表白自己的堅貞不屈，真是繁紅豔紫，各有芳菲。

山　歌

〔明〕民　歌

思量同你好得場駸①，弗用媒人弗用財。
絲網打魚盡在眼上起②，千丈綾羅梭裡來③。

注釋

①騃：同「呆」，此處意爲長久或癡想。

②絲：諧音「思」。眼：明指魚網之眼，暗指情人之眼。

③梭：諧音「睃」，明指織網之梭，暗指眉目傳情之睃。

譯文

癡想同你長久相好永不分開，我們不用媒人也不要錢財。絲網打魚都在網眼上起，千丈綾羅都是用梭織出來。

點評

諧音雙關的藝術手法，早在南朝樂府衆多的民歌中就閃耀過它的光彩，也使得這一首明代山歌奪目生輝。此詩反對「父母之命，媒妁之言」，歌唱互相慕悅的一見鍾情，心心相通的長相廝守，結句以織布作比固然切合女人的身分，第三句以打魚爲喻，根據聞一多的考證，在中國民俗文化中魚常是「情侶」、「配偶」的隱語。

山 歌

〔明〕 民 歌

送郎送到灶跟頭，吃郎踢動子火叉頭①。
娘道丫頭耍個響②，小阿奴奴回言道：
「燈臺落地狗偷油。」

注釋

①吃：被。火叉頭：叉火棍。
②耍個：啥個，什麼。

譯文

送郎送到廚房的灶前頭，被情郎不小心碰倒了火叉頭。娘在那廂問丫頭什麼東西響，小女子急急忙忙回言道：「燈臺落到地上是狗在偷油。」

點評

文人詩歌中有的作品有單純的情節，它可以增加藝術的魅力，引發讀者的藝術再創造的想像，這首民歌也是這樣。它寫一位少女在家中與情郎幽會後送郎離去的情景，短短五句之中寫了三個人物，並且有含蘊豐富的對話，有人物動作與心理活

動的刻劃，情節單純，卻頗具戲劇性，風趣橫生。

山　歌

〔明〕民　歌

斟不出茶來把口吹①，壺嘴放在姐口裡。
不如做個茶壺嘴，常在姐口討便宜②，滋
味清香分外奇。

注釋

①斟：本意爲勺子舀取，通常指執壺往杯中倒酒或注茶。
②便宜：本意爲方便、適宜，或指價錢便宜、低廉，這裡指
好處。

譯文

倒不出茶來用口吹，壺嘴含在姐的口裡頭。不如變成一個
茶壺嘴，好處常常討自姐的口，味道分外清香樂悠悠。

點評

　　這是一首身分爲男主人公的詩，爲了追求他的意中人，他忽發癡想。這種詩的意象，可能是看到意中人「倒不出茶來用口吹」而產生，也可能只是性愛的一種象徵和隱喻，總之，俚言俗語直率大膽。換了陶淵明先生，他在〈閒情賦〉中只是說「願在衣而爲領，承華首之餘芳」、「願在絲而爲履，附素足以周旋」，文雅得多了。

寄生草

〔清〕民　歌

　　得了一顆相思印①，領了一張相思憑②，相思人走馬去到相思任③，相思城裡盡都害的相思病。新相思告狀，舊相思投文④，難死人！新舊相思怎審問？

注釋

①印：印章，圖章。此處指做官的印信。

②憑：憑據，證據。

③任：職位，職務。

④投文：告狀。

譯文

得了一顆相思的印信，領了一張相思的文憑，害相思的人走馬去上相思之任。我的心如同相思城，一思一念害的都是相思病。新的相思來告狀，舊的相思來投文。難死人啊，對那新舊相思如何來審問？

點評

創新，是詩歌創作最可寶貴的藝術品質，沒有比千人一面、千部一腔更令人厭倦的了。〈寄生草〉是清代民間曲調，這首民歌表現前人表現過無數次的主題，之所以仍然可以引起讀者新的審美感受，就是因為在表現上有新意，創造了新的比喻，在擬人化手法和疊詞這一傳統手法的新穎運用方面，也相當成功。

寄生草

〔清〕民　歌

　　熨斗兒熨不開的眉頭兒皺，剪刀兒剪不斷腹內的憂愁，對菱花照不出你我胖和瘦①。周公的卦兒準②，算不出你我佳期湊③。口兒說是捨了罷，我這心裡又難丟，快刀兒割不斷的連心的肉。

注釋

①菱花：古時以銅為鏡，陽光照耀其上光影如菱花，故稱菱花鏡。

②周公：此處指周文王，傳說周文王推演八卦占卜吉凶。

③佳期：美好的日期，此指婚期。

譯文

　　熨斗熨不平眉頭的紋皺，剪刀剪不斷心內的憂愁，對銅鏡照不出你我雙雙的胖和瘦。周文王的八卦真靈準，卻算不出你我婚期在啥時候。口裡說捨棄這番戀情吧，心裡對意中人實在是難丟，再快的刀也割不斷心心相連的肉。

一、戀情

點評

　　好詩可以是明朗的，但明朗不等於直露淺薄，它應該留有聯想與想像的線索，留有供讀者作藝術再創造的空間，如李白的〈靜夜思〉，如孟浩然的〈春曉〉。這首民歌寫女主人公在極爲矛盾複雜的心理中苦盼佳期，但佳期難測，是由於父母的阻撓？還是因爲情人的負心？他們的結局究竟如何？許多空白有待讀者的想像去補充。

寄生草

〔清〕民　歌

　　我勸情人別生氣，方才說話得罪了你。得罪了你，我也不是特意兒的①。失錯了一碗涼水潑在地②，左收右收，也是收不起。笑笑吧，裝袋香煙與你賠不是。笑笑吧，殺人不過頭點地。

千葉紅芙蓉

注釋

①特意：存心，故意。

②涼水潑在地：冷水潑在地上。暗用漢代朱買臣「馬前潑水」
的休妻故事：朱家貧，其妻離去改嫁，後朱拜太守，馬欲
和好，朱潑水於地，示以覆水難收，馬羞愧自縊而死。

譯文

我勸情人你不要生氣，剛才說話對不起你。對不起你，我
也不是故意的。說錯了如同一碗冷水潑在地，左收右收也沒有
辦法再收起。你笑一笑吧，給你裝袋香煙賠不是。你笑一笑吧，
即使殺人也不過頭點地。

點評

流傳在我國北方的這支民間曲調，全是俚言俗語，明白如
話，富於民間的韻味，泥土的芳香，但是，它在剪裁上卻頗見
功夫，它只選擇了女子向情人賠不是的場面和語言予以描寫，
省略了矛盾的前因後果，對男子的情態也未涉及，可謂惜墨如
金，不枝不蔓，但卻給讀者留下了廣闊的想像空間。

寄生草

〔清〕民　歌

　　欲寫情書，我可不識字。煩個人兒①，使
不的！無奈何畫個圈兒爲表記②。此封
書惟有情人知此意③：單圈是奴家，雙圈
是你。訴不盡的苦，一溜圈兒圈下去！

注釋

①煩：央求，請求。
②表記：表示心意的符號。
③惟有：只有。

譯文

　　想寫情書我又不識字，這種書信不能請人來代筆。沒辦法
只好畫個圈兒作標記，這封信只有情人知心意：單圈圈代表
我，雙圈圈代表你，訴不盡的相思苦，一溜單圈雙圈圈到底！

點評

　　此詩的構思十分奇特，女主人公想將自己的相思之苦告訴
情人，但因爲不識字卻無法溝通，也不便請人代筆，於是就發

明了這種表意法，我姑且稱之爲「圈圈傳情法」，愛情的信息藉這種圈圈的象徵性載體才得以傳達。由此不禁想起了前人的一句名言：「戀愛可以增長智慧。」誰曰不然？

山　歌

〔清〕民　歌

我爲情人嘆嘆嘆，我的情人還還還。還望你①，牽連不可斷斷斷。斷牽連，趁了旁人的願願願。怨我的情人，叫我難難難。難爲死了我②，到那無人之處念念念。唸聲彌陀佛③，來個好人把我勸勸勸。

注釋

①還：前一句的「還」爲回來、回還，此處爲再加、更加之意。

②難：前一句的「難」是難過之意，此處作爲難解。

③唸：前一句的「念」是思念、想念，此處之「唸」爲誦讀。

譯文

我為情人再三感嘆，希望我的情人早日回還。還盼你情意不可斷，斷情意就如了別人的心願。讓我怨恨情人太為難，真是難為死了啊，只好到沒人的地方去想念。誦聲阿彌陀佛啊，來個知心人相勸好解除我的憂煩。

點評

這首詩抒寫的是一位熱戀中的女子複雜的內心情感，這種情感本身並無新意，但在藝術表現上卻有特色和創新。一是「頂真格」這一修辭學上的辭格的巧妙運用，有的是字同音同，有的是音同字不同，靈活而見巧慧；二是「重言」的巧妙安排，同一個字在句中的重疊使用，加強了內容的表現，也使作品更具音樂之美。

馬頭調

〔清〕民　歌

千葉紅芙蓉

人人勸我丟開罷，我只得順口答應著他。

聰明人豈肯聽他們糊塗話，勸惱我反倒
惹我一場罵。情人愛我，我愛冤家，冷石
頭暖的熱了放不下①，常言道②：「人生
恩愛原無價！」

注釋

①「冷石頭」句：冰冷的石頭焐熱了就難以放下，比喻兩情
　相悅，無法分開。
②常言：俗話說，平常話說。

譯文

　　人人來勸我把意中人丟開罷，我只得有口無心答應他。聰
明人哪裡肯聽信他們的糊塗話，勸得我煩躁反討我一頓罵。情
人愛我我愛他，冷石頭焐熱了怎捨得放下，俗話說得好：「人
生只要你恩我愛原就沒有價！」

點評

　　在這位女主人公的心目中，地位與錢財等等均可以在所不
計，他人的說長道短也可以充耳不聞，只有雙方真正的愛情才
是無價之寶，這正是先人可貴的不以功利為條件的愛情觀。「冷
石頭」一語不僅是一個創造性的比喻，發前人之所未發，而且
「冷」與「熱」也是現代詩學中所謂的「矛盾語」，警策而富於
張力。

一、戀情

馬頭調

〔淸〕民　歌

變一面青銅鏡①，常對姐兒照；變一條
汗巾兒，常繫姐兒腰；變一個竹夫人②，
常被姐兒抱；變一根紫竹簫，常對姐櫻
桃③；到晚來品一曲④，才把相思了，才
把相思了。

注釋

①青銅鏡：古代用青銅製鏡，至淸乾隆時爲玻璃鏡所取代。

②竹夫人：古時夏天床席間取涼的用具，又名「竹奴」、「青
奴」。蘇軾〈送竹幾與謝秀才〉：「留我同行木上坐，贈君
無語竹夫人。」

③櫻桃：喩女人之口小而紅潤。

④品：品味，品賞，此處指吹弄樂器。

譯文

我要變成一面靑銅鏡，常常對著姐兒照；我要變成一條汗

巾兒，常常繫在姐的腰；我要變成一個竹涼具，常常在姐懷中抱；我要變成一根紫竹簫，常常對著姐的紅嘴小櫻桃；到晚上品賞吹一曲，才能把相思了，才能把相思了。

點評

明代山歌中曾有「不如變個茶壺嘴，常在姐口討便宜」之句，這首清代民歌則「變本加厲」，一連四變，而且「逐步升級」，最後一變已是性愛的象徵。陶淵明〈閒情賦〉中也有十願，但卻不失文人詩雅致含蓄的特色。匈牙利名詩人裴多菲〈我願意是樹〉也說到「變」：「姑娘，如果你是天空，我願意變成天上的星星。」可以參照。

馬頭調

〔清〕民　歌

小小金刀，帶在奴的腰裡。又削甘蔗，又削梨，又削南荸薺①，哎喲，又削南荸薺。削一段甘蔗，遞在郎的手，削一個荸薺，送在郎的口裡。甜如蜂蜜，哎喲，甜如蜂

一、戀情

蜜。郎問姐兒：「因何不把秋梨削喲？」
「你我的相遇，忌一個字，梨字兒不要提
②，哎喲，怕的是分離！」

注釋

①荸薺：植物名。多年生草本，地下莖爲球莖，可食。
②梨：諧音「離」，民間習俗以爲「分梨」隱喻「分離」，不
祥。

譯文

小小金刀帶腰裡，又削甘蔗又削梨，哎喲又削南荸薺。削
一段甘蔗送郎手，削個荸薺送郎口裡，哎喲它們都是甜如蜜。
郎問姐兒「爲何不把秋梨削？」「你我相好忌個梨字不要提，梨
字不提哎喲怕的是分離！」

點評

此詩不僅有民俗學的價值，從中可以看到民間有不肯分梨
吃的習俗，這種現象顯示了風俗中的文化意識，表現了一種中
國式的特定的生活方式，同時，它在藝術上也有「抒情詩的戲
劇性」的特色，它時空壓縮於一個場景之中，有單純的情節，
有精煉的對話，堪稱袖珍獨幕劇。

高高山上一樹槐

〔清〕民 歌

高高山上一樹槐①，
手攀槐枝望郎來。
娘問女兒：「望什麼？」
「我望槐花幾時開②。」

注釋

①一樹槐：一株槐樹。槐：植物名，落葉喬木。
②槐花：槐樹於夏季開花，花色淡黃，可入藥。

譯文

　高高的山上有一株槐啊，手攀著槐枝盼望情郎早些來。娘在一旁問女兒「望什麼？」「娘啊，我是望槐花什麼時候開。」

點評

　這是一首有敘事因素的短小抒情詩，也是一幕輕鬆活潑的喜劇。首句是布景，次句引出全詩的主要人物，在如此鋪墊和安排之後，最精彩的是娘女間簡短而含意深長的對話，娘的問話也許是無意，或者是有心，但戀愛中的有「隱私」的女兒卻

不得不巧爲掩飾，而讀者早就明白究竟，如此更覺風趣橫生。

粵　歌

〔清〕民　歌

妹相思，
妹有眞心弟也知①。
蜘蛛結網三江口②，
水推不斷是眞絲③。

注釋

①弟：民歌言情常以「哥」、「妹」相稱，此處爲「弟」，可見
　詩的主人公十分年輕。
②三江口：位於廣州市東南，西、北、東三條江會合之處。
③絲：諧音「思」。

譯文

　　妹妹妳說對我長相思，你的眞心眞意我心知。看那蜘蛛結
網三江口，水沖浪打不斷是眞絲。

點評

　　清代詩人屈大均在《廣東新語·粵歌》中說「粵俗好歌」，並指出其「語多雙關」的特點，這首詩正是如此。妙就妙在最後兩句，李商隱說「春蠶到死絲方盡」，畢竟是文人聲口，而詩中的這位年輕男子卻以更富民間色彩的「蜘蛛結網」爲喻，以「眞絲」諧音「眞思」，以「蛛網」暗喻「情網」，形象而動人地表現了雙方堅貞的愛情。

粵　歌

〔清〕民　歌

妹相思，
不作風流到幾時①？
只見風吹花落地，
不見風吹花上枝②！

注釋

①風流：此詞意有多解，此處意爲戀愛。

一、戀情

②花上枝：花朵重返枝頭，此處之「上」不是方位詞而是動
　詞。

譯文

　　妹妹正當青春年少害相思，不和哥哥戀愛還要到何時？只
見風兒吹來紛紛花落地，不見風吹地上落花重返枝！

點評

　　韶華難再，青春易逝，不論這首民歌是少女的自白，還是
男子對女子的傾訴，它都表現了對青春與生命的珍惜。在第二
句的設問之後，三、四兩句以自然界的花開花落來象徵華年不
再的道理。同一主題而作不同的表現，讀者自會想起唐代杜秋
娘的〈金縷衣〉：「勸君莫惜金縷衣，勸君惜取少年時。花開堪
折直須折，莫待無花空折枝。」

粵　歌

〔清〕民　歌

思想妹①，

蝴蝶思想也爲花②。

蝴蝶思花不思草，

兄思情妹不思家。

注釋

①思想：此處二字均爲動詞，意思是「思呀，想呀」。

②爲花：爲音「位」，爲花即爲了花。

譯文

我思呀想呀爲的是情妹妹，蝴蝶思呀想呀也是爲了花。蝴蝶想的是花不是草，哥哥我想的是情妹不是家。

點評

這是一首男子詠唱他的相思的情歌。相思，是愛情詩中詠嘆不衰的母題，但不同的優秀詩作，表現藝術總是別開生面，不落陳套。此詩以蝶戀花爲喻，將蝴蝶人格化，並且以之來反襯主人公自己執著的相思之情，因而具有新意。詩人匡國泰〈婚戀〉寫道：「漫山的野花依然開著／不知與哪一朵／曾有過媒妁之言／大自然是歷史最悠久的婚姻介紹所／陽光下那些彩色的蝴蝶／是公開的情書。」可以古今互參。

土家族情歌①

〔清〕民　歌

高山點燈不怕風，
深山砍柴不怕龍②。
無心哪怕郎做官，
有心不怕郎家窮。

注釋

①土家族情歌：這是一首清代土家族民歌。土家族居住於湖
　南、湖北等省的山區。

②龍：遠古傳說中的神異動物，有鱗有鬚，能興雲作雨。

譯文

高山上點燈不怕大風，深山裡砍柴不怕雲龍。我無心相好
哪怕你做官，我有心對你哪怕你家窮。

點評

此詩的對偶句式與排比句法，加強了全詩的迴環往復的音
樂美，也有助於人物性格與感情的表現。「無心哪怕郎做官」一
語，使人想起十七世紀英國詩人坎賓〈櫻桃熟了〉中的一節：

「有兩排明亮的珍珠／被櫻桃完全遮住／巧笑時顆顆出現／像玫瑰花蕾上面霜雪蓋滿／可是王公卿相也休想買到，除非她自己叫『櫻桃熟了』。」

畲族情歌①

〔清〕民　歌

郎住一鄉妹一鄉，
山高水深路頭長②。
有朝一日山水變，
但願兩鄉變一鄉。

注釋

①畲族情歌：這是畲族民歌，畲族是我國少數民族之一，自
　稱「山客」，分布於福建、浙江、江西、廣東、安徽五省之
　部分山區，其中以福建、浙江最多。
②路頭：路途，道路。

一、戀情

127

譯文

郎住一鄉阿妹住在另一鄉，山又高來水又深路途何漫長。盼望有朝一日啊山水能改變，只願那分開的兩鄉變成一鄉。

點評

山區的民歌往往離不開山水，此詩前兩句說山水將有情人阻隔於兩地，這是寫實，後兩句說山水變化兩鄉合爲一鄉，有情人得以朝夕相處，這是想像，虛實相生，構思新巧。唐詩人王昌齡貶於湖南龍標，有〈送柴侍御〉一詩：「流水通波接武崗，送君不覺有離傷。青山一道同雲雨，明月何曾是兩鄉？」題材不一而詩心前後相通。

畬族情歌

〔淸〕民　歌

會飛鳥兒不怕高，
郎妹相戀不怕刀①。
爲了結對比翼鳥②，

生在一處死一道。

注釋

①妹：對少女的稱呼或少女自稱。

②比翼鳥：傳說此鳥一目一翼，不比不飛，比喻朋友，更常以之比喻夫婦相愛相守。白居易〈長恨歌〉：「在天願作比翼鳥，在地願爲連理枝。」

譯文

會飛的鳥兒不怕天高，郎妹倆相愛不怕箭刀。爲了結成一對比翼鳥，活在一起死也在一道。

點評

此詩以鳥起興，也以鳥爲喻，抒寫對自由的愛情與幸福的婚姻的追求，表現了對封建婚姻制度作鬥爭的精神，其中「不怕」的兩次重複，「生」與「死」的矛盾對比，「一起」與「一道」的疊用，都加強了詩的氣勢和力量。如同莎士比亞〈終成眷屬〉所説：「許多誓言不一定可以表示眞誠，眞心的誓言只要一句就夠了。」

壯族山歌

〔清〕民　歌

水瀉灘頭嘩嘩響②，

妹不見哥心就憂。

喝茶連杯吞下肚，

千年不爛記心頭。

注釋

①壯族山歌：此爲壯族民歌。壯族爲我國兄弟民族之一，居
　住在廣西壯族自治區和雲南省、廣東省一帶。

②瀉：水往下直注，如「一瀉千里」。

譯文

　　江水在灘頭奔瀉嘩嘩地響，妹妹不見哥哥心裡就憂愁。喝
茶連那個茶杯都吞下肚，茶杯千年不爛牢記在心頭。

點評

　　許多民歌雖然感情眞率，風格奔放，但它們並不流於直露
淺白而毫無餘韻。這首壯族民歌，語言具有新鮮的生活感，而
且有生動的形象，讓讀者一見難忘，它先以「水瀉灘頭」起興，

就地取景，象徵自己的憂思如水流不斷，繼之以喝茶連杯吞下肚而茶杯不會消化的想像，表現相思的永恆，可謂銘心刻骨，動人情腸。

壯族山歌

〔清〕民　歌

連就連①，
我倆結交訂百年②。
哪個九十七歲死，
奈何橋上等三年③。

注釋

①連：結合，聯姻。

②訂百年：約定、簽定夫妻的百年之好。

③奈何橋：自古相傳的說法，陰陽交界之處有一條奈河，河
　上橋名奈何橋，爲人死後去陰間的必經之路。

譯文

要結姻緣就結好姻緣，我倆約定白頭偕老到百年。哪個九十七歲就走了，在邢奈何橋上也要等三年。

點評

一首優秀的民歌就如同一顆燦爛的星辰，它的光輝長久地照人眼目，引人企望。這首民歌詠唱的是海枯石爛的愛情，而且作生前生後的癡想，感情之真與想像之奇，都撼人心魄。詩人余光中有組詩題爲「三生石」，多有此類奇想，如「當渡船解纜」的後一部分：「我會在對岸／苦苦守候／接你的下一班船／在荒荒的渡頭／看你漸漸地近岸／水盡，天迴／對你招手。」

瑤　歌①

〔清〕民　歌

思娘猛②，
行路也思睡也思。
行路思娘留半路③，

睡也思娘留半床。

注釋

①瑤歌：此首為瑤族民歌。瑤族為我國少數民族之一，居住
在廣西、廣東、湖南、雲南一帶。

②娘：瑤語「妹妹」之意。猛：強烈，厲害。

③留半路：留下一半路，好讓妹妹同行。

譯文

想妹想得要斷腸，走路也想睡也想。走路時想妹留下路一
半，睡覺時想妹留下一半床。

點評

一首詩，如果有漂亮的開頭卻沒有精彩的結尾，那會令讀
者掩卷而遺憾，如果開頭妙結尾也妙，那會令讀者擊節而嘆賞，
如果開頭平平而結尾穎異不凡，那會令讀者有柳暗花明又一村
的喜悅。這首瑤歌開篇平淡無奇，假若後兩句仍然那樣，我就
不會選賞於此了，幸虧後兩句忽發奇想，於是它就進入了我的
「選美」的行列。

二、歡情——

鴛鴦枕上情難盡

屯　如

屯如①，
邅如②，
乘馬班如③。
匪寇④，
婚媾⑤。

注釋

①屯如：艱難、困難、麻煩。如：語助詞。

②邅：往來徘徊之貌。

③班：盤旋、迴旋。

④匪寇：匪通「非」，不是。寇：強盜。

⑤媾：婚事，婚姻。

譯文

　　這件事不容易成功，騎著馬兒來回走動，在女方住地附近盤旋不進。騎馬的男子並非強盜，是爲了搶婚來成親。

點評

　　《周易》又稱「易經」，也簡稱「易」，儒家重要經典之一，相傳爲周人所作。收錄在其中的這首謠諺，生動地表現了上古時期男子搶婚的婚姻風俗，它不僅具有民俗學的價值，而且再現了搶婚的場景，語言質樸簡練，節奏鮮明快速，是最早的原始形態的詩歌，是詩歌大樹最初的一片綠葉。

桃　夭

詩經·周南

桃之夭夭①，灼灼其華②。
之子于歸③，宜其室家④。

桃之夭夭，有蕡其實⑤。
之子于歸，宜其家室。

桃之夭夭，其葉蓁蓁⑥。
之子于歸，宜其家人。

千葉紅芙蓉

注釋

①夭夭：生機蓬勃，生意盎然。

②灼灼：鮮豔之貌。華：花。

③之：這。子：指詩中女子，古代女兒也可稱「子」。于歸：
　　出嫁。

④宜其室家：宜爲和順。男子有妻叫有室，女子有夫叫有家，
　　室家指家庭、婆家。

⑤蕡：果實纍纍。賀新娘多子多孫。

⑥蓁：草木繁茂。賀新娘家族興旺。

譯文

　　桃樹含苞滿枝杈，花光照眼似紅霞。這位姑娘來出嫁，和
順宜室又宜家。桃樹含苞開滿枝，花兒結出好果實。這位姑娘
來出嫁，和順宜家又宜室。桃樹含苞花似錦，成蔭綠葉多茂盛。
這位姑娘來出嫁，和順家人喜盈盈。

點評

　　讀這首寫桃花的詩，令人想起詩人洛夫歌詠春天的詩句：
「春／在羞紅著臉的／一次懷了一千個孩子的／桃樹上。」這
首詩表面是寫桃樹桃花桃實，深層卻是對新嫁娘的賀辭，祝賀
她婚姻美滿。全詩意象鮮明，比喻恰切，節奏明快，一些詞句
兩千年後仍沿用至今，眞是「其喜洋洋者矣」！

二、歡情

北　風

詩經・邶風

北風其涼，雨雪其雱①。
惠而好我②，攜手同行。
其虛其邪③，既亟且只④。

北風其喈，雨雪其霏。
惠而好我，攜手同歸。
其虛其邪，既亟且只。

莫赤匪狐⑤，莫黑匪烏⑥。
惠而好我，攜手同車。
其虛其邪，既亟且只。

注釋

①雨雪：下雪。雨為動詞。雱：雪盛之貌。

②惠而好我：「惠而」為溫柔和順。「好我」即同我友好。

③虛：「舒」之假借字，寬舒貌。邪：「徐」的假借字，緩

慢的樣子。

④旣：已經。亟：同「急」。只且：語助詞。

⑤莫赤匪狐：不紅不是狐狸。

⑥莫黑匪烏：不黑不是烏鴉。意為真實不假，暗喻男女之愛純真如一。

譯文

北風颳得多麼寒涼，雨雪不止紛紛揚揚。承你多情多意愛我，攜著手兒同行路上。車輪飛轉走得太快，慢走留住美好時光。北風不斷呼呼勁吹，田野之上雨雪紛飛。承你多情多意愛我，攜著手兒一同回歸。車輪飛轉跑得太快，美好時光一去不回。不是狐狸毛色不紅，不是烏鴉羽翼不黑。承你多情多意愛我，攜著手兒同上輕車。車輪飛轉奔得太快，緩緩而行令人陶醉。

點評

娶親在秋收之後的寒冬，而且要新郎去「親迎」，這是上古時期的風俗，如同〈邶風‧匏有苦葉〉篇所說：「士如歸妻，迨冰未泮。」此詩所寫正是親迎路上的情景，新娘總是覺得車子走得太快，她希望車輛緩行，親迎的美好甜蜜的時光就可以久駐。詩人鄭愁予的〈雨絲〉中，也有類似詩句：「我們的戀啊，像雨絲，在星斗與星斗間的路上／我們的車輿是無聲的。」

女曰雞鳴

詩經·鄭風

女曰：「雞鳴？」士曰：「昧旦①！」
「子興視夜，明星有爛②。」
「將翱將翔③，弋鳧與雁④。」

「弋言加之⑤，與子宜之⑥。
宜言飲酒，與子偕老。
琴瑟在御⑦，莫不靜好⑧。」

「知子之來之⑨，雜佩以贈之⑩。
知子之順之，雜佩以問之。
知子之好之，雜佩以報之。」

注釋

①昧旦：天色將明未明之時。

②明星：啓明星。爛：燦爛，明亮。

③翱翔：本爲鳥飛之貌，此指獵人出獵的動作。

④弋：以生絲爲繩繫於箭上射鳥。鳧：野鴨。

⑤加：射中。

⑥宜：肴。此處作動詞，烹調之意。

⑦御：用，侍，奏。

⑧靜好：美好嫻靜，指音樂，也指生活。

⑨來：讀音「賴」，撫慰，慰問。

⑩雜佩：各種玉石構成的佩飾。贈：送，以下之「問」與「報」，意均同此。

譯文

　　妻子說：「雄雞在歌唱。」丈夫答：「天色蒙蒙亮。」「你快起來看夜空，啓明星兒閃光芒。」「走得快來跑得快，射中鴨雁一雙雙。」「射來野鴨和大雁，爲你好好烹調它。將這美味來下酒，白頭偕老樂無涯。又彈琴來又鼓瑟，琴瑟和諧幸福家。」「知你慰我對我好，送你佩玉請收牢。知你對我很溫存，送你佩玉表衷情。知你對我很恩愛，送你佩玉藏胸懷。」

點評

　　這首詩寫一位獵手和他的妻子的黎明對話。首章是妻子與丈夫的一問一答，次章妻子對答丈夫，三章丈夫再答妻子，表現了他們幸福和諧的家庭生活，以及夫妻間的一往深情。全詩以對話結撰成章，是別具一格的對話體，聲聞紙上，栩栩如生，前人說此詩「脫口如生，傳神之筆」，信有之矣！

蘀兮

詩經‧鄭風

蘀兮蘀兮①，風其吹女②。
叔兮伯兮③，倡予和女④。

蘀兮蘀兮，風其漂女。
叔兮伯兮，倡予要女⑤。

注釋

①蘀：音「唾」，落葉。
②其：將。或曰作語助詞。女：同「汝」，指落葉。
③叔、伯：此處叔、伯爲一人，女子對情人的稱謂。
④倡：倡導，領唱。和：唱和，和答。
⑤要：成，相合，也即「和」的意思。

譯文

　　樹葉落啊樹葉落，大風吹得落又揚。親愛人兒快快來，你來開頭我跟唱。樹葉落啊樹葉落，大風吹得飄又颺。親愛人兒快快來，你來領頭我和唱。

　　這首詩是女辭，寫一位女子要求和情人共唱一曲。情動於中，而形於言，言之不足，故詠歌之，女主人公以風吹落葉起興，情調熱烈而歡快。她的戀人——那位男士反應如何呢？全詩沒有一筆涉及，留下的是有餘不盡的空白，讓千載之下的不同讀者去作不同的想像。

溱洧

詩經・鄭風

溱與洧方渙渙兮①，士與女方秉蕑兮②。
女曰：「觀乎？」士曰：「既且③。」
「且往觀乎？洧之外洵訏且樂④！」
維士與女⑤，伊其相謔⑥，贈之以芍藥⑦。

溱與洧瀏其清矣，士與女殷其盈矣。
女曰：「觀乎？」士曰：「既且。」
「且往觀乎，洧之外洵訏且樂！」

二、歡情

維士與女，伊其將謔⑧，贈之以芍藥。

注釋

①渙渙：春水盛貌。

②蕑：水邊的澤蘭。鄭國風俗，上巳日男女手持澤蘭，除惡
　祈吉。

③既且：同「既徂」，已經去過了。

④洵：確實。訏：大，指遊樂的場面。

⑤維：語助詞。下句之「伊」同此。

⑥其：他們，即士與女。相謔：互相嬉戲，調笑。

⑦芍藥：三月開花的香草，男女贈別以示愛慕。

⑧將：相將，互相之意。

譯文

　　溱水流來洧水流，洋洋春水漫河洲。青年小伙與姑娘，清
芬蘭花拿在手。姑娘說道：「去遊吧？」小伙子說：「已遊過。」
「不妨再去遊一遊，洧水河邊人真多，地方寬廣好快樂！」到
處都是男和女，又是笑來又是鬧，臨別互贈香芍藥。

　　溱水河來洧水河，河水清清湧碧波。青年小伙與姑娘，人
滿河灘真正多。姑娘說道：「去看吧？」小伙說道：「已看過。」
「不妨再去看一看，洧水河邊人真多，地方寬廣多快樂！」到
處都是男和女，又是笑來又是鬧，臨別互贈香芍藥。

　　春秋時代的鄭國在今之河南鄭州、登封一帶，上巳節是三
月上旬的巳日，鄭國男女屆時到溱、洧二水的岸邊祭祀，青年
男女藉此談情説愛。此詩以第三者的視角來抒寫，有環境的渲
染，有人物的對話，有敍述人的描繪，氣氛場景，均如在目前，
是風景畫，更是風俗畫。

綢　繆

詩經·唐風

綢繆束薪①，三星在天②。
今夕何夕？見此良人。
子兮子兮！如此良人何！

綢繆束芻，三星在隅③。
今夕何夕？見此邂逅④。
子兮子兮！如此邂逅何！

綢繆束楚，三星在戶。

今夕何夕？見此粲者⑤。

子兮子兮！如此粲者何！

注釋

①綢繆：密密纏繞，此處雙關情意纏綿。束薪：捆好的柴。
　古代禮俗，束薪比喻婚姻。次章之「束芻」(牧草)、三章之
　「束楚」(柴草)，其意同此。

②三星：參星。黃昏後現於東方，此處點明婚禮時間。

③隅：角落。

④邂逅：喜悅，此處用爲名詞，意爲可愛的人。

⑤粲者：粲爲鮮明華美，粲者即漂亮的人。

譯文

　　柴枝捆緊慶新婚，參星正在東方明。今夜究竟是何夜？終
於見我心上人。你呀，你呀！把這心上人怎麼辦呀！牧草捆緊
解不動，照著房角是參星。今夜究竟是何夜？終於見我心愛人。
你呀，你呀！把這心愛人怎麼辦呀！荊條捆緊成一叢，參星閃
耀當窗櫺。今夜究竟是何夜？終於見我大美人。你呀，你呀！
把這大美人怎麼辦呀！

點評

　　這是千古傳唱的新婚詩。它抒寫的是新郎和新娘在良緣締
結之夜的歡樂之情，全詩以「束薪」、「束芻」、「束楚」爲比喻，

渲染了黃昏和晚上的景色，運用了設問句以使文情搖曳有致。
沒有拙劣的描寫，只有甜美的情韻和悠然不盡的想像餘地，是
愛情詩特別是新婚詩中的上乘之作。

東門之枌

詩經‧陳風

東門之枌①，宛丘之栩②。
子仲之子③，婆娑其下④。

穀旦于差⑤，南方之原。
不績其麻，市也婆娑。

穀旦于逝，越以鬷邁⑥。
視爾如荍⑦，貽我握椒⑧。

注釋

①東門：陳國國都的東門。枌：白榆樹。
②宛丘：四邊高中間低之地。此處爲地名。栩：櫟樹，一名

柞樹。

③子仲之子：子仲氏之女。

④婆娑：舞蹈。

⑤穀旦：好日子。差：選擇。

⑥越以：語助詞。鬷邁：去的次數很多。

⑦爾：你，即「子仲之子」。荍：音「橋」，又名荊葵，花淡紫紅色，此處是以荊葵花比意中人。

⑧握椒：一把花椒，表情意之信物。

譯文

東門生有白榆，宛丘長有櫟樹。子仲家的姑娘，樹下婆娑起舞。選擇吉祥日子，聚集南方平原。放下大麻不績，市上起舞翩翩。選擇良辰同往，要尋歡樂常來。你像葵荊花美，贈我花椒滿懷。

點評

陳建都宛丘（今河南淮陽），全國盛行巫風，酷愛歌舞，歌舞場也常常是青年男女的戀愛場。這正是一首表現歌舞與愛情的風俗詩。首章寫意中人獨舞，次章寫男女群舞，第三章寫載歌載舞中得到了表示愛情的饋贈，有如電影中的特寫鏡頭。全詩層次分明，場景突出，風格明快，是詩中的輕音樂。

千葉紅芙蓉

東門之楊

東門之楊，其葉牂牂①。
昏以爲期，明星煌煌②。

東門之楊，其葉肺肺③。
昏以爲期，明星晢晢④。

注釋

①牂牂：牂音「髒」。風吹樹葉的聲響。
②明星：啓明星。
③肺肺：肺音「配」，風吹楊葉之聲。
④晢晢：晢音「哲」，明亮之貌。

譯文

　　東門樹林多白楊，風吹楊葉沙沙響。相會約在黃昏後，啓
明星兒亮堂堂。東門城外白楊林，風吹楊葉響聲輕。相會約在
黃昏後，閃閃發亮啓明星。

　　男女戀愛，常常是約會於黃昏之後，大概是自古已然。在此詩中，東門是約會之地，黃昏是約會之時，沙沙的白楊與閃閃的明星是約會的時空背景。全詩具有東方式的含蓄蘊藉，空靈意境，強烈地刺激讀者的想像力。歐陽修〈生查子〉的「月上柳梢頭，人約黃昏後」，是否從這裡得到過啟示呢？

古絕句

〔漢〕樂　府

南山一樹桂①，上有雙鴛鴦②。
千年長交頸③，歡愛不相忘。

注釋

①一樹桂：一株桂樹。桂樹爲常綠灌木或小喬木，秋季開花，極爲芳香。

②鴛鴦：鳥名，雌雄偶居不離，常以之喻恩愛夫妻。

③交頸：脖頸相交，意思是並頭，見感情深厚。

譯文

南山有一株芬芳的桂樹，上有一對形影不離的鴛鴦。百載千年永遠在一起，它們你歡我愛互不相忘。

點評

「絕句」之名始於劉宋時期，它是一種詩體，以四句爲一首。此詩是魏晉以前的作品，最初見於南朝陳代徐陵所編的《玉臺新詠》，故稱「古絕句」。它是一首以物喻人之詩，以成雙作對的鴛鴦喻人間恩愛的夫妻。中國詩人愛以鴛鴦爲喻，而智利詩人彼森特•維多夫羅的〈我們倆〉則是：「咱們倆就像是／同一條河裡的兩道連漪；咱們倆就像是／同一朵花裡的兩顆露滴……。」

子夜歌

〔南朝〕樂　府

宿昔不梳頭①，絲髮披兩肩。
婉伸郎膝下②，何處不可憐③！

注釋

①宿昔：即夙昔，從前，以往。

②婉：宛轉柔美。伸：伸展，展開。

③可憐：可愛。

譯文

以往相會時頭髮曾來不及梳理，讓滿頭青絲從兩肩上披下來。溫柔多情地依偎在情郎的脚下，一顰一笑舉手投足何處不惹人憐愛！

點評

這是一位少女對過去的美好時光的溫馨回想，也是一個時至今日在公園裡和旅遊地可以不時見到的鏡頭。它集中刻劃了少女嬌憨的神態，表現了她自愛並盼人愛的心理活動，形象鮮明，宛如一幀特寫。這首詩，省略了「我」這一主詞，故可以視爲少女的自敍，也可讀爲第三人稱的他述，這正是中國古典詩詞富於彈性的一種表現。

子夜歌

〔南朝〕樂　府

氣清明月朗①，夜與君共嬉②。
郎歌妙意曲③，儂亦吐芳詞④。

注釋

①氣清：空氣清爽、清明。
②嬉：遊戲，玩耍。
③妙意曲：表現美好情意的歌曲。
④芳詞：芳為香氣，此處意為美好動聽的話語。

譯文

　　氣候清明時月色如銀，與君遊戲在美景良辰。郎的歌聲中情意美妙，我的話語也美好芳芬。

點評

　　這首詩寫的是一對戀人的歡會，良宵美景，賞心樂事。作者只點到「夜與君共嬉」便戛然而止，以下所點染的「曲」與「詞」，重在戀人精神上的情投意合，心心相印，留給讀者的是味之不盡的形而上的想像餘地。許多西方詩人寫到此類題材

二、歡情

155

時，往往偏重色慾而強調性愛，如英國玄學詩派的代表人物鄧恩，他的一首詩即題爲〈上床〉，由此可見中西方愛情詩的差異。

子夜四時歌（夏歌）

〔南朝〕樂　府

情知三夏熱①，今日偏獨甚②。
香巾拂玉席③，共郎登樓寢。

注釋

①三夏：夏季，亦指夏季的第三個月，即陰曆六月。

②獨：唯獨，特別。甚：很，極。

③玉席：對床席的美稱。

譯文

　　明明知道三夏天氣炎熱，今日偏偏更加熱不可當。用芬芳的巾帕拂拭玉席，和久別的郎君宿於樓上。

點評

　　首二句著重渲染氣候之炎熱：本來知道三夏天氣炎熱，今天則更是無以復加——究竟是氣溫升高？還是女主人公的心理作用？讀完全詩，讀者才恍然大悟「偏獨甚」所具有的豐富心理內涵，以及心理描寫的深度。中國古典詩歌語言的單純中見豐富，凝煉中見深廣，由此可見一斑。

子夜四時歌 (夏歌)

〔南朝〕樂　府

　　朝登涼臺上①，夕宿蘭池裡②。
　　乘月采芙蓉③，夜夜得蓮子④。

注釋

①涼臺：涼爽的臺榭。
②蘭池：池的美稱，開蘭花、長蘭草的池塘。
③芙蓉：荷花，諧音雙關，意為「夫容」，指情郎。
④蓮子：蓮房之果實，諧音「憐子」，即「愛你」之意。

譯文

　　早晨攜手登上涼風吹送的高臺，夜晚又共宿在蘭花開放的池塘。沐浴著月光去採集美麗的荷花，天天晚上柔情蜜意愛戀著情郎。

點評

　　「芙蓉」在中國古典詩歌中可以說是一個原型意象，常常是對所愛的人的一種代稱或象徵。在西方的詩歌中，總以「玫瑰」、「紅玫瑰」來比喻所愛戀的女性，如英國布萊克一首愛情詩即名「我可愛的玫瑰」。「憐子」也是從芙蓉生發而來的雙關之語，避免了平鋪直敘之弊，而有婉轉曲達之姿。

子夜四時歌 (秋歌)

〔南朝〕樂　府

涼秋開窗寢，斜月垂光照。
中宵無人語①，羅幌有雙笑②。

注釋

①中宵：半夜時分。陸機〈贈尚書郎顧彥先〉：「迅雷中宵激，驚電光夜舒。」
②羅幌：絲織的帳幔。

譯文

　　秋涼天氣就寢時開啟窗扉，月光斜穿窗戶把床帷照耀。夜半時分四周已萬籟無聲，只有帳幔裡兩人軟語輕笑。

點評

　　日僧遍照金剛在《文鏡祕府論》一書中，保存了王昌齡的一些詩歌見解，其中有「每至落句，常須含思，不得令語盡思窮」之語。「落句」即結句，結句是作者一首詩創作的終點，也是讀者欣賞這一藝術再創造的起點，因此，結句應蘊藉空靈，含思無限，激發讀者的想像，而不宜傾箱倒篋，不留餘地，這首〈子夜四時歌〉的結句正是恰到好處。

讀 曲 歌

〔南朝〕樂　府

打殺長鳴雞①，彈去烏臼鳥②。
願得連冥不復曙③，一年都一曉④。

注釋

①長鳴雞：長聲啼叫不斷的雞。
②烏臼鳥：一種候鳥，俗名黎雀，黎明時即開始啼鳴。
③冥：黑夜。曙：天亮，黎明。
④都：總共，只有。

譯文

　　打殺那討厭的不斷長鳴的雞，彈弓彈掉那清晨就鳴叫的鳥。只希望夜夜相連不要再天明，一年三百六十天只有一次破曉。

點評

　　時間有所謂「物理時間」與「心理時間」，一個晚上的「物理時間」是一定的，不會縮短也不會延長，然而在戀人心中卻良宵苦短，這就是微妙的「心理時間」了。這首詩所表現的，

正是熱戀中的女子癡情的心理渴望。唐詩人金昌緒也許是從此詩受到啟發，才寫出那首著名的〈春怨〉：「打起黃鶯兒，莫教枝上啼。啼時驚妾夢，不得到遼西。」

讀曲歌

〔南朝〕樂　府

　　一夕就郎宿①，通夜語不息。
　　黃檗萬里路②，道苦真無極③。

注釋

①就：趨，從，隨。
②黃檗：檗音「柏」。植物名，又稱黃柏檗木，樹皮可入藥，味道極苦。
③道：一語雙關，既指晚上向情郎道說，又指人間的道路。
　無極：無盡，無邊。

譯文

　　一夜和情郎去同床共寢，整個晚上向他傾訴不息。如同黃

檗般的萬里路途，苦在心裡眞是無邊無際。

點評

　　這是別具一番滋味在心頭的愛情詩。寫男女歡情的詩，一般都著重於「歡」，此詩首二句在鋪敍之後，讀者以爲接下去就要寫男憐女愛了，出人意料之外的是，它竟然以「黃檗」爲喻，表現女主人公心中無盡的「苦」。是別時容易見時難？是愛情受到阻撓？是恐男方變心？一切均意在言外，有待讀者去共同完成這首詩的創造。

讀曲歌

〔南朝〕樂　府

　　　千葉紅芙蓉①，照灼綠水邊②。
　　　餘花任郎摘，愼莫罷儂蓮③。

注釋

①紅芙蓉：紅色的荷花。
②照灼：花光照耀之貌。

千葉紅芙蓉

③儂：我。蓮：諧音「憐」，憐愛，憐惜。

譯文

　　千片綠葉簇擁著朵朵紅蓮，紅蓮朵朵照耀在碧水中間。其他的花任郎君去採摘啊，切莫休止對我的蜜愛輕憐。

點評

　　前面兩句是寫景，頗有後來宋人楊萬里〈曉出淨慈寺送林子方〉的「接天蓮葉無窮碧，映日荷花別樣紅」的景象，但這兩句同時又是比喻和象徵，不同於楊萬里之作純爲寫景。第三句蕩開一筆，故作寬容，實係以反説正，正言反説，結句才是女主人公心意的眞實表白，也是全詩的主旨所在。

讀曲歌

〔南朝〕樂　府

暫出白門前①，楊柳可藏烏。
歡作沈水香②，儂作博山爐③。

注釋

①白門：即古南京的白下門。

②歡：女子對所愛的男子的稱謂。沈水香：又稱密香，用上等香料檀香製成，可沈水底，故名。

③博山爐：漢代的香爐名，形似大山狀。

譯文

我們暫且去到那白下門之外，烏鴉藏在楊柳中也不見影踪。情哥哥你就做那個沈水香啊，我就作燃點香火的博山爐身。

點評

這是一首寫男女幽期密約的詩，時間是楊柳茂密的春夏之日，地點是在白下門外。最精彩的是後面兩個隱喻，它們是明顯的性愛的象徵，但卻仍然具有中國古典詩歌的含而不露。同時，這兩個隱喻也為前人所未道，由此可見出色的詩大都有出色的比喻，如果詩歌是長青樹，比喻就是樹上的不凋的花。

聞歡變歌

〔南朝〕樂　府

歡來不徐徐①，陽窗都鋭戶②。
耶婆尚未眠③，肝心如推櫓④。

注釋

①徐徐：從容、安穩之意。

②「陽窗」句：大意是情人心急，未等夜深時敞開的窗戶都
　關上，就前來相會。

③耶婆：爹娘，父母。「耶」同爺，「婆」為母親。

④肝心：即心肝。櫓：以人力推進船的工具，外形略似槳，
　但較大，支於船尾或船旁。

譯文

你怎麼來得這樣性急，家裡還未曾關窗閉戶。爺娘還沒有
上床睡眠，我忐忑不安心如推櫓。

點評

在講究禮法的封建時代，男女授受不親，何況是背著父母
偷情，女方承受的是更大的心理壓力。此詩寫一位少女埋怨、

驚慌而仍然渴望愛情的矛盾而複雜的心理，十分細膩傳神。全詩選取一個特定的生活片段，省略了前因後果，場景集中而頗具引人懸想的戲劇性。

青陽度

〔南朝〕樂　府

青荷蓋綠水①，芙蓉發紅鮮②。
下有並根藕③，上生同心蓮④。

注釋

①蓋：遮蓋，覆蓋。
②芙蓉：荷花。芙蓉亦是「夫容」的諧音。
③並根藕：「藕」為「偶」的諧音，「並根藕」象徵恩愛夫妻。
④同心蓮：「蓮」為蓮花的果實，即蓮子。「蓮」又為「憐」的諧音。

譯文

　　青青荷葉覆蓋著綠水，朵朵荷花紅豔又芳鮮。水下有並根

千葉紅芙蓉

而生的藕，水上有同心相愛的蓮。

點評

　　這是別具一格的詠物詩，表層詠的是蓮花，深層寫的是愛情。在《詩經》中早有對荷花的描繪，如〈山有扶蘇〉中的「山有扶蘇，隰有荷華」，如〈澤陂〉中的「彼澤之陂，有蒲與荷」，但它們在詩中僅只是旁襯的角色，而此詩中的荷花已成爲詩的主體。作者所寫在此，其意在彼，從而使詩的意象具有多重美學含蘊。

采桑度

〔南朝〕樂　府

　　春月采桑時，林下與歡俱①。
　　養蠶不滿箔②，哪得羅繡襦③？

注釋

①俱：同，在一起。
②箔：養蠶用的竹篩子或竹席。

③羅繡襦：絲綢質地的繡花短襖。

譯文

　　春風麗日是採桑的好時光，桑林裡我和情郎一同前往。如果不把蠶兒養得多又壯，怎麼能穿上繡花的綢衣裳？

點評

　　〈采桑度〉是南朝時流行在長江中游和漢水流域的民歌。這首民歌只提供了採桑女和情郎一同去桑間林下的線索，只提出一個言在此而意在彼的問題，其餘都有待讀者自己的想像去補充，這種結構，當代文學批評術語稱之為「召喚結構」，它不是和盤托出，也不是言盡意絕，而是召喚讀者一起去進行藝術的創造。

孟　珠

〔南朝〕樂　府

望歡四五年，實情將懊惱①。
願得無人處②，回身與郎抱。

注釋

①實情：委實，的確。懊惱：懊喪，惱怒，煩惱。
②願得：希望，想望。

譯文

　　苦盼你歸來啊一盼四五年，心裡委實覺得怨恨和煩惱。只希望在無人得見的地方，回轉身來和你緊緊地擁抱。

點評

　　前兩句是內心情感的直敍，表白了對久別不歸的情人愛怨交集的心情，如果後兩句仍是這種寫法，那就不免單調乏味了，然而作者筆鋒陡轉，省略了情人終於歸來等等過程，集中描繪了想望中的「回身與郎抱」這一細節，形象躍然如見，頗具心理深度，是刻劃人物的以形寫神的上乘筆墨。

碧玉歌

〔南朝〕樂　府

碧玉破瓜時①，相爲情顛倒②。

感郎不羞郎③，回身就郎抱。

注釋

①碧玉：原爲晉代汝南王之妾，此處借指少女。破瓜：舊時
　文人拆「瓜」字爲二八字以紀年，指十六歲，詩文中多用
　於女子。

②顛倒：神魂顛倒，心緒錯亂。

③感郎：被情郎相愛之情所感動。

譯文

這位十六歲的懷春少女啊，她被愛情撩撥得神魂顛倒。感
激情郎之愛而不顧羞澀，回轉身來迎接情郎的擁抱。

點評

同是寫熱戀中的民間少女的情態，同是寫類似的動作，同
是在南朝樂府之中，〈讀曲歌〉有「雙眉畫未成，那能就郎抱」
之句，〈孟珠〉有「願得無人處，回身與郎抱」之語，而此詩則
又別是一番風情，表現了同中之異。由此可見，詩貴在創造，
即使是「大同」，也要力求發現和表現「小異」，讓讀者獲得新
的審美愉悅。

西曲歌

〔南朝〕樂　府

朝發桂蘭渚①，晝息桑榆下②。
與君同拔蒲③，竟日不成把④。

注釋

①桂蘭渚：長著桂樹蘭草的水洲。

②晝：本意爲白天，聯繫下文之「竟日」來看，此處當作「傍晚」之意。

③蒲：水草，莖高葉長，葉子柔韌，可編席、扇等物。

④竟日：整日，一天到頭。

譯文

　　早晨從長著桂樹和蘭草的水洲出發，傍晚時我們休息在桑樹與榆樹之下，和情郎你一同去採拔柔韌的蒲草啊，拔了整整一天手中竟然還不滿一把。

點評

　　學者鄭振鐸在《中國俗文學史》中說南朝民歌「是少女而不是蕩婦」，這首詩正是少女的愛情之歌。她和情郎一起拔蒲竟

日，而蒲草還不滿一把，言外之意讓讀者宛然可想。《詩經·卷耳》篇的「采采卷耳，不盈頃筐」，《古詩十九首》的「終日不成章，泣涕零如雨」，均寫心有所憂或心有所思，此詩寫法與之類似，但情調與內涵卻不相同。

西曲歌

〔南朝〕樂　府

感郎崎嶇情①，不復自顧慮。
臂繩雙入結，遂結同心去②。

注釋

①崎嶇：本指地面和道路不平，此處之「崎嶇情」指男子反抗封建禮教而對意中人執著追求。

②同心：指同心結，用臂繩結成連環回文式樣的結，以示男女相愛永不分離。

譯文

感激情郎你的執著不移之情，我也不再顧慮害怕相許以

心。取下臂上的紅繩打個連環結，連環同心之結表示永不離分。

點評

　　民間的愛情詩多從女子的第一人稱的角度來表現，此詩也是如此。它以側筆寫郎，以正筆寫女主人公自己，顯示了強烈的反抗封建禮教追求婚姻自由的精神。繩結同心，這是締結鴛盟的暗示，也是兩心如一的象徵，民歌中這種習用的藝術表現手法，此詩用得恰到好處。

楊叛兒

〔南朝〕樂　府

歡欲見蓮時①，移湖安屋裡②。
芙蓉繞床生，眠臥抱蓮子③。

注釋

①見蓮：諸音雙關之語，即「見憐」，意為被你所愛，雙方歡愛在一起。
②移：移置安放。

③蓮子：雙關隱語，諧音「憐子」。

譯文

　　情郎啊你如果想朝朝暮暮憐愛，最好把蓮藕之湖安放到屋中來。讓那滿室荷花繞床而生，眠臥時把蓮子抱在胸懷。

點評

　　此詩以雙關之語表意抒情，委婉而不直露，這是南朝樂府民歌普遍習用的手法，此詩的獨異之處，就是違反常情常態的奇特的想像，具有與眾不同的創造性。沒有想像就沒有詩，沒有出色的想像就沒有出色的詩，這首詩正是因為落想不凡，才如明珠一顆熠熠生輝。

地驅樂歌辭

〔北朝〕樂　府

側側力力①，念君無極②。
枕郎左臂，隨郎轉側③。

注釋

①側側力力：象聲詞，表示悲切的嘆息聲。

②無極：無邊無際，沒有窮盡。

③轉側：輾轉反側，翻來覆去。

譯文

悲悲切切長嘆息，思念郎君無邊際。頭枕情郎左臂上，輾轉反側隨郎意。

點評

詩的前兩句寫女主人公對情郎的綿綿思念，後兩句寫他們相會時的熱烈情狀。詩句簡短，節奏明快，感情的抒發是所謂「奔迸式」而非「吞咽式」，由此可見北朝樂府的爽朗潑辣，與南朝樂府情歌的纏綿宛轉、含蓄有致大異其趣。如果說南朝情歌是低迴的洞簫，那麼，北朝情歌則是嘹亮的橫笛。

幽州馬客吟歌辭

〔北朝〕樂　府

荧荧帳中燭①，燭滅不久停②。
盛時不作樂③，春花一重生④。

注釋

①荧荧：微光閃爍之貌，多指星月之光或燭光。
②不久停：不讓久停。此處爲很快吹滅燭光不使其久亮之
　意。
③盛時：昌盛之時，此指精力充沛的青春時期。
④一重生：只生長開放一次，此處指春花凋謝則不再開放。

譯文

　　微光閃爍的是帳中的蠟燭，很快吹熄不讓它久放光芒。青
春時不和戀人尋歡作樂，如同春花凋謝就不再開放。

點評

　　此詩寫男女之間的性愛，從男女之情的角度表現了對青春
與生命的珍惜。前兩句實寫，時間與空間都落在實處，後兩句
虛寫，以比喻來說明和暗示。即使明快大膽如北朝情歌，較之
西方的一些愛情詩仍然是含蓄的，如英國蘇格蘭的詩人彭斯，
於此大約就要寫什麼「我自己是一滴露水／跌入她美麗的乳房」
了。

幽州馬客吟歌辭

〔北朝〕樂　府

　　南山自言高①，只與北山齊②。
　　女兒自言好，故入郎君懷③。

注釋

①南山：無確指之山名，此處為女子自況。

②北山：亦為泛指，此處喻男子。齊：同，並，此處意為詩
　　中女子只與意中的男子相好同心。

③懷：胸懷，懷抱。

譯文

　　南山自己誇說自己高大，但它只與北山並肩友好。女兒自
己誇說自己漂亮，所以才倒進郎君的懷抱。

點評

　　首二句是起興也是比喻，既表現了詩的女主人公鍾情於自
己的意中人，也充分顯示了她的自我肯定，山「高」人「好」。
這在封建時代的民歌中尚不多見。詩中的「高」與「好」互相
呼應，「只與北山齊」和「故入郎君懷」也互為表裡，人、山分

寫而合二爲一，女兒、郎君分寫而合二爲一，結構精嚴而語意跳脫。

菩薩蠻

〔唐〕敦煌曲子詞

枕前發盡千般願，要休且待青山爛①。水面上秤錘浮，直待黃河徹底枯②。　白日參辰現③，北斗回南面④。休即未能休⑤，且待三更見日頭。

注釋

①休：罷休，休止，停歇。

②直待：直等到。

③參辰：參星與商星。參星在東，商星在西，不同時出現，何況白天。杜甫〈贈衛八處士〉：「人生不相見，動如參與商。」

④北斗：北斗星，位置永遠在北面。

⑤即：就是。

譯文

枕頭上發盡了千般誓願，要罷休且等到青山腐爛。秤砣從水面上浮起來，滔滔的黃河也徹底枯乾。參星與商星白天同時出現，北斗星也回到南面。要罷休就是不能罷休，且等到夜半三更升起日頭。

點評

此詞與漢樂府中的〈上邪〉可謂異代不同時的姐妹篇，〈上邪〉列舉五種不可能發生的自然現象，表示愛情之堅貞，此詞有異曲同工之妙。有人解釋「休」爲「休棄」之意，全詞非互表忠心而是丈夫在心懷疑忌的妻子之前賭咒發誓，我以爲不妨存此一說，因爲詩可有一義，也可有多義，可作單解，也可作多解，解釋的多樣性，源於作品內涵的豐富與多樣。

菩薩蠻

〔唐〕敦煌曲子詞

牡丹含露眞珠顆①，美人折向庭前過。含

笑問檀郎②：「花強妾貌強？」　檀郎故
相惱，須道花枝好③。一面發嬌嗔，碎挼
花打人④。

注釋

①眞珠顆：一說爲一種名貴的紅花千葉的牡丹花；一說爲
　牡丹含露，如顆顆珍珠。
②檀郎：晉代美男子潘岳小字檀奴，後以之爲夫婿或所愛男
　子的美稱。
③須道：卻道，卻說。
④挼：揉搓也。

譯文

　　牡丹花上的露水像眞珠顆顆，美人兒折下花枝從庭前經
過。她滿面春風地笑問她的情郎：「是花漂亮還是我的容貌漂
亮？」情郎故意使她惱，卻說花容比她好。美人兒聽後假發怒，
揉碎花兒打情人。

點評

　　以花喻人在情歌情詩中已屢見不鮮，此詩妙在以花作貫
串全詩的線索，通過女主人公「折花——比花——挼花」的動
作和語言，以及她的戀人的正言反說故爲其辭，把小兒女之間
的調笑戲謔寫得風趣盎然，如見其人，如聞其聲。正如同當代
英國作家傑拉爾德・布瑞南所說：「幸福的婚姻裡，妻子是氣

候，丈夫是風景。」

洞仙歌

〔唐〕敦煌曲子詞

華燭光輝，深下屏幃。恨征人久鎮邊夷①，酒醒後多風醋②，少年夫婿。向綠窗下左偎右倚，擬鋪鴛被，把人尤泥③。

須索琵琶重理。曲中彈道，「想夫憐」處④，轉相愛幾多恩義。卻再敍衷鴛衾枕⑤，願長與今宵相似。

注釋

①邊夷：此處意爲邊疆或邊遠之地。

②風醋：酸楚和妒意。

③尤泥：糾纏，擾亂。

④想夫憐：據說是六朝舊聲，寫夫妻離別的哀怨痛苦。

⑤衷：衷曲，內心深處的情感。

譯文

紅燭閃耀熠熠的光輝，繡房中屏帷嚴嚴落地。恨夫君長久征戰邊地，我借酒澆愁酒醒後，多麼嫉妬那少年夫妻。他們在綠紗窗下相偎倚，當鴛鴦共宿的錦被鋪開，我不免更煩心亂意。今日夫君歸來我取琵琶重理，彈到「想夫憐」的曲調，更加相愛相親無比恩義。千言萬語再三在鴛鴦衾枕邊敘說，只願以後月月年年都像今晚廝守在一起。

點評

征夫怨婦的離別與重逢，這是自《詩經》以來的詩歌就詠唱不衰的題材，佳篇傑構多如繁星，後人之作想再放光彩頗不容易。此詞本意在寫團聚的歡樂，但上闋卻蕩開一筆，渲染過去空房獨守時的種種況味，以之作為下闋的反襯與鋪墊，開合動蕩，波瀾起伏，動人地表現了征夫曠婦喜重逢時的情景和心理，可謂別出機杼。

菩薩蠻

〔唐〕無名氏

曉來誤入桃源洞①，恰見佳人春睡重。玉腕枕香腮，荷花藕上開。　一扇俄驚起②，斂黛凝秋水③。笑倩整金衣④，問郎何日歸？

注釋

① 桃源洞：暗用陶淵明的〈桃花源記〉，此處是指女子的閨房。

②俄：突然、頃刻。

③斂黛：斂為收斂、緊蹙之意。黛是青黑色顏料，古代女子用以畫眉，引申為女子眉毛的代稱。

④倩：請求，央求。

譯文

早晨誤進了香豔的閨房，恰碰到美人兒春睡正長。香腮枕著凝玉般的手腕，如同紅荷在白藕上開放。一扇輕敲她突然驚醒，圓睜杏眼蹙緊了眉黛。笑請情郎為自己整衣，忙問郎君是何日歸來。

點評

詩歌要以不全求全，從有限中見無限，就不能笨拙地去敘述事件或情態的前因後果，表現事物發展的全過程，而只能選擇與捕捉典型的「須臾」和「一瞬」來描繪，引發讀者對這一瞬間本身的想像，和對過去的追溯與對未來的期待，此詞正是

二、歡情

如此，它表現的只是一個特定的瞬間，「佳人」與「郎」的身分及種種情事，都留待讀者想像。

千秋歲令

〔宋〕無名氏

想風流態①，種種般般媚。恨別離時太容易，香箋欲寫相思意，相思淚滴香箋字。畫堂深，銀燭暗，重門閉。　似當日歡愉何日遂②，願早早相逢重設誓。美景良辰莫輕拌③，鴛鴦帳裡鴛鴦被，鴛鴦枕上鴛鴦睡。似恁地，長恁地④，千秋歲。

注釋

①風流：風韻，多指女子。
②遂：達到，實現。
③拌：拋棄，捨棄。
④恁地：那樣。

譯文

　　想妳那風情和韻致，種種樣樣都嬌媚。只恨別離太匆匆，想憑信紙寫相思，信紙上滴滿相思淚。畫堂深遠銀燭暗，門院重重已關閉。像過去的歡情何日有，願早日重逢立誓再歡會。良宵美景莫輕捨，鴛鴦帳裡鋪的是鴛鴦被，鴛鴦枕上並頭是鴛鴦睡。我們像那樣啊，我們永遠那樣啊，白頭到老千秋萬歲！

點評

　　此詞以第一人稱的敍事方式，表達了一位男性主人公對他的意中人的戀情。詞的上片是對往事的回想，詞的下片是對未來的希望。雖然文辭可能經過文人的潤色加工，但仍然具有民間作品質樸率眞的本色。英國詩人兼學者柯勒律治認爲「期待勝於驚訝」，此詞下片寫主人公的期待，確實動人情腸。

〔商調〕梧葉兒

〔元〕無名氏

　　解不開同心扣①，摘不脫倒鬚鉤②，糖和

蜜攪酥油。活擺布千條計③，死安排一處休。恁兩個忒風流④，死共活休要放手。

注釋

①同心扣：即同心結，用錦帶打成的難以解開之結，常以象徵男女情愛。

②倒鬚鈎：有倒刺之鈎，勾上即難解脫。

③擺布：此處意爲捉弄，處置，指主人公愛情道路上遭到的阻撓。

④恁：您。忒：太，特別。

譯文

　　如同解不開的同心之結，有似摘不脫的倒鬚之鈎，又好比糖和蜜攪拌酥油。任憑他人設置千重障礙，誓同生死你們一處罷休。你們兩個眞是太風流，生生死死永在一起不放手。

點評

　　梁啓超論及文章的抒情有所謂「奔迸」與「迴蕩」之法，此曲正是以「奔迸」出之，它不是回環委婉如曲院流泉，而是明快決絕如江河直瀉。它以生活中常見的事物作比喻，開篇連用三喻構成修辭學中的所謂博喻，也是古典詩論中所說的「作決絕語而妙」，化抽象的情思爲具體的意象，極具藝術感染力。

〔仙呂〕游四門

〔元〕無名氏

落紅滿地濕胭脂，游賞正宜時①。呆才料
不顧薔薇刺②，貪折海棠枝。支③，抓破
繡裙兒。

注釋

①宜：宜人，恰好，適宜。
②呆才料：才料即「材料」，呆才料即「呆子」，元代女子常
　以之謔稱行爲魯莽的男子。
③支：同「吱」，摹擬聲音的象聲詞。

譯文

　　落花滿地像染濕的胭脂，暮春正是游賞的好天時。那呆子
不管薔薇有花刺，又貪心地去攀折海棠枝。我的繡裙兒被抓破
了，只聽得輕輕的一聲「吱」。

點評

　　一般而言，詩創作重暗示而忌直白，重提供聯想的線索而

二、歡情

忌一眼洞穿的和盤托出，重刺激讀者想像的「召喚結構」而忌
不留餘地的密不透風。這首小曲如同一個引人入勝的戲劇小
品。「薔薇」與「海棠枝」可以視為寫實，也可以看成是對詩中
女子的比喻，義有多解，引人玩味，不是削弱而是加強了詩的
魅力。

〔仙呂〕游四門

〔元〕無名氏

　　海棠花下月明時，有約暗通私①。不付能
　　等得紅娘至②，欲審舊題詩③。支，關上
　　角門兒。

注釋

　①暗通私：暗中互通心曲。指情人幽會。

　②不付能：即不甫能，沒料想、想不到之意。為元曲中習用
　　之語。

　③「欲審」句：正想審辨揣摩以前情人所寄贈的詩箋。此處
　　借用元稹〈鶯鶯傳〉、王實甫《西廂記》中張生與崔鶯鶯的

故事。鶯鶯〈答張生〉詩：「待月西廂下，迎風戶半開。拂牆花影動，疑是玉人來。」

譯文

海棠花下月光明亮之時，密約幽期暗通心中隱私。不料想紅娘飄然來至，正當我想揣摩情人贈詩。把花園角門悄悄關上，只聽見輕輕的一聲「吱」。

點評

唐代詩人元稹的〈鶯鶯傳〉與後來的《西廂記》，描敘了張生與崔鶯鶯的悲歡離合的愛情故事。此曲可能只是表現其中的幽期密約的場景，也可能是借用它來抒寫另一場愛情戲劇。全曲場景集中，情節單純而豐富，在描繪中省略了許多過程，留給讀者以味之不盡的餘地。

〔中呂〕喜春來

〔元〕無名氏

天孫一夜停機暇①，人世千家乞巧忙②。

想雙星心事密話頭長③。七月七，回首笑三郎④。

注釋

①天孫：指織女，織女星又名天孫星。織女只有在七夕才能停機得到休閒。

②乞巧：七月七日為乞巧節，「七」與「乞」諧音。舊時婦女於此夕擺香案，設瓜果，向織女星乞求智巧。

③雙星：織女星與牛郎星。

④三郎：原指唐明皇李隆基，他有「三郎」之稱。此處指女子的意中人。

譯文

織女在七夕停機才得休息，人間卻千家萬戶乞巧繁忙。想天上雙星心事稠密話語綿長。山盟海誓的七月七啊，少女回頭笑臉向情郎。

點評

此曲將天上人間結合起來詠唱。白居易〈長恨歌〉說：「七月七日長生殿，夜半無人私語時。在天願作比翼鳥，在地願為連理枝。」天上的神話、歷史的愛情、現實的男歡女愛，在這支曲子中交融在一起，但神話與歷史畢竟只是引子和陪襯，佔主要地位的仍然是人間的現實的情愛，如同一支樂曲中的主旋律。

駐雲飛

〔明〕民　歌

　　側耳聽聲，卻是郎君手打門。我這裡將言
語問，他那裡低低應。嗏①，不由我笑欣
欣去相迎②。準備著萬語千言，見了都無
論③。今日相逢可意人④。

注釋

①嗏：表聲之詞，有提頓與警醒作用。
②欣欣：亦作「忻忻」，喜悅之貌。
③無論：說不出來，不說了。
④可意人：合意的人，中意的人。

譯文

　　側耳傾聽敲門聲，卻是郎君在打門。我在門裡輕聲問，他
在門外低聲應。嗏，不由我笑容滿面去相迎。準備千言和萬語，
一旦見面卻無聲。今日相逢心上人。

點評

　　「靜女其姝，俟我于城隅」，中國的戀人最早是在《詩經》的〈靜女〉篇中幽會，在流傳於明代的這首民間曲調裡，傳統的幽會譜出了新聲。此詩沒有敍述幽會的前因後果，也沒有去表現事件和情態的「頂點」，而只寫到他們相見就戛然而止，也就是將臨頂點之前的「須臾」，高潮到來之前的「一瞬」，如此更覺引人入勝。

鎖南枝

〔明〕民　歌

　　傻俊角①，我的哥。和塊黃泥揑咱倆個。揑一個你，揑一個我。揑的來一似活托②，揑的來同床上歇臥。將泥人摔碎，著水兒重和過③。再揑一個你，再揑一個我，哥哥身上也有妹妹，妹妹身上也有哥哥。

注釋

①俊角：容貌俊美的人。傻俊角：對戀人的正言反說的昵稱。

②活托：即活脫，形容二者極爲相像。

③著：用，把。

譯文

漂亮的傻人兒，我的那情哥哥。用水和它黃泥捏咱倆個，捏一個你來捏一個我。捏的你我活脫脫，捏的一個床上來歇臥。把那泥人摔碎，用水重新和過。再捏一個你來一個我，哥哥身上也有妹妹，妹妹身上也有哥哥。

點評

〈鎖南枝〉是明代中葉開始流行的民間曲調。這首詩表現封建時代婦女對愛情的渴望與追求，這種主題頗具傳統性，是文學中的所謂「母題」，但此詩千百年來膾炙人口，就是因爲它在藝術表現上戞戞獨造，有大膽而極富創造性的想像，超越了許多同一主題的作品。由此可見，對於前人表現過一千次的主題，傑出的作者也敢於作一千零一次的獨特表現。

二、歡情

時尚急催玉

〔明〕民　歌

　　欽天監造曆的人兒好不知趣①，偏閏年
②，偏閏月③，不閏個更兒。鴛鴦枕上情
難盡④，剛才合上眼，不覺雞又鳴。恨的
是更兒，惱的是雞兒，可憐我的人兒熱烘
烘丟開，心下何曾忍，心下何曾忍！

注釋

①欽天監：明清時官署名，負責觀察天象、推算節氣曆法等
　事務。

②閏年：閏爲餘數。曆法紀年與地球環繞太陽運行一周的時
　間有一定差數，故每隔數年必設閏日或閏月予以調整。閏
　年即陰曆中有閏月（一年十三個月）的年。

③閏月：陽曆中的二月爲二十八日，遇閏月則爲二十九天。

④鴛鴦枕：繡有鴛鴦圖樣的枕頭。

譯文

　　欽天監制定曆法的好不通人情，偏偏可以閏年啊，偏偏可
以閏月啊，卻不知晚上延長一兩點鐘。鴛鴦枕上柔情蜜意難窮

盡，剛才合上眼睛，不覺晨雞啼鳴。恨的是不加長的良夜啊，惱的是不知趣的雞鳴啊，可憐我的情郎去時衾被還熱烘烘。我哪裡捨得了，我哪裡能忍心！

點評

　　舊時一夜分為五更，每更約兩小時。良宵苦短，這是詩中的女主人公的「心理時間」，她由此不禁埋怨起反映「物理時間」的曆法「不閏個更兒」。這是古典詩論中所說的「無理而妙」，表面上看不合常情常理，但卻別出奇趣地表達了人物的實感真情，這種不合生活邏輯的感情邏輯，即「人生自是有情癡，此恨不關風與月」是也。

桂枝兒

〔明〕民　歌

眉兒來，眼兒去，我和你一齊看上①。不知幾世修下來②，和你恩愛這一場。便道有個妙人兒，你我也揷他不上③。人看著你是男是女？怎你我二人合一副心腸。

若把你我二人上一上天平，你半斤，我八
兩④。

注釋

①一齊看上：眉目傳情，彼此中意。
②幾世修：舊時說法，現世的幸福源於前世的修善積德。
③插他不上：第三者無法插足。
④八兩：十六兩爲一斤，故有「半斤對八兩」之說。

譯文

　　眉來眼去我們彼此看上，幾世修來你我恩愛一場。便有個
俊男人也插足不上。他人看你本是男兒爲何又是女？不然你我
怎麼會共一樣的心腸。如果把你我擺在天平上，你是半斤我就
是八兩。

點評

　　俗語有云：「前世修來同船渡，百世修來共枕眠。」詩中
的青年男女在不自由的封建社會追求的是自由戀愛，字裡行間
洋溢著女主人公的歡愉之情，以及對美好姻緣的渴望與讚美。
現代婚姻中常有所謂「第三者」，殊不知早在明代的民歌中，就
已經有對「第三者」的批評了。

桂枝兒

〔明〕民 歌

我做的夢兒也做得好笑，夢兒
中夢見你與別人調①。醒來時依舊在我懷中抱。也
是我心兒裡丟不下，待與你抱緊了睡一
睡著。只莫要醒時在我身邊也②，夢兒裡
又去了。

注釋

①調：此處指男女間的調笑，調情。

②莫要：表否定之詞，不要之意。也：語氣助詞，無實義。
　前句之「著」亦為語尾助詞。

譯文

　　我的夢兒做得也真好笑，夢見你和別人互相調笑。醒來後
你仍然在我懷抱。也因我白天晚上放不下，睡著時要將你緊緊
擁抱。只不要醒來時在我身邊，到夢中又跟隨別人去了。

點評

　　中國俗語說：「日有所思，夜有所夢。」奧地利的佛洛伊

德也創立了精神分析學説，對「夢」作了許多探索和解釋。表現封建時代婦女對丈夫的依附與擔心，這種作品屢見不鮮，但這首民歌卻別出機杼，圍繞「夢」而反覆渲染，細膩地表現了女主人公的複雜心理，又留有想像的空間，給人以深刻的印象。

桂枝兒

〔明〕民　歌

罷了，罷了，難道就罷了？死一遭，活一遭，死活只這一遭！盡著人將我倆個千騰萬倒①，做鬼須做風流鬼，上橋須上奈何橋②。奈何橋上若得和你攜手同行也，不如死了倒也好！

注釋

①盡著人：「盡」在此處爲任憑之意，盡著人即任憑別人。
　千騰萬倒：意爲千萬種折磨和打擊。
②奈何橋：語出清代顧炎武《山東考古錄》：「岳之西南，有水出谷中，爲西溪。自大峪口至州城之西南流入於泮，曰

奈河。其水在高里山之左，有橋曰奈何橋。世傳人死魂不得過，故曰奈何。」舊時此橋被認爲是陽間與陰間的分界線。

譯文

罷了罷了難道就罷了，要死要活就只這一遭。任憑人對我倆個千磨和萬擊，做鬼要做風流鬼，上橋要上奈何橋。假如能夠和你攜手一路走，就是死了倒也好！

點評

這是封建時代一位弱女子血淚交迸的呼聲，是她對封建禮教的反抗和控訴。語言多爲本色，手法純用白描，沒有柔弱之情，只具決絕之氣，讀來令人盪氣迴腸。這首民歌也是這位女子對她的情人的告白和傾訴，她的情人態度如何，未曾涉及一筆，如同繪畫中的空白，留待讀者去想像。

桂枝兒

〔明〕民 歌

喜鵲兒不住的喳喳叫①，急慌忙開了門
往外瞧：甚風兒吹得我乖乖到②。攜手
歸房內，雙雙摟抱著。你雖有千期萬約的
書兒也③，不如喜鵲兒報得好。

注釋

①喜鵲：鳥名。民間傳說喜鵲的叫聲是象徵喜兆，詩文中常
　以之隱喻男女情愛。
②甚：什麼。乖乖：民間俗語的對喜愛的人的暱稱。
③書兒：書信。

譯文

喜鵲不停喳喳叫，慌忙開門向外瞧：啊，什麼好風吹得我
的心肝寶貝來到了。牽手回房裡，兩人來擁抱。你雖有千約萬
約的書信啊，還不如這鵲兒的喜報得好。

點評

攝影家要有可貴的「瞬間意識」，從最佳的角度，捕捉那瞬
息即逝的動人鏡頭，詩作者何嘗不也應該如此？這首詩所抒寫
的就是一對久別的戀人重逢的瞬間，著重刻劃了女主人公期
待、喜悅而又有些埋怨的心理世界。結句尤其意味深長，雖是
直白之辭，卻有引人玩索之趣。

千葉紅芙蓉

桂枝兒

〔明〕民　歌

紐扣兒①，湊就的姻緣好②，你搭上我，
我搭上你，兩下摟得堅牢。生成一對相依
靠。繫定同心結，綰下刎頸交③。一會兒
分開也，一會兒又攏了。

注釋

①紐扣：交互而成的扣結。

②湊就：聚合、會合。此處之「湊」並非湊合之意，可引申
　爲締結。

③綰：繫，盤結，此處作「結」解，綰下意爲結下。刎頸交：
　同生死共患難的朋友，詩中喻生死與共的愛情。

譯文

　　交互而成的扣結啊，締結的姻緣眞正好。你搭上我我搭上
你，你我兩下摟得堅牢，天生一對相依相靠。繫牢同心圖樣絲
結，結下生死與共之交。即使有片刻分開啊，一會兒又合攏來
了。

二、歡情

　　詩歌需要比喻，有如花朵需要動人的色澤和芬芳，好似飛鳥需要奮翮萬里長天的翅膀。比喻可以對所描繪的事物妙極形容，給人以鮮明深刻的美的印象。這首民歌歌唱男女的熱烈戀情，一反陳腔俗調，出之以緊相依存的紐扣的比喻，既貼切又新鮮，道前人之所未道，一新讀者的耳目。

山　歌

〔明〕民　歌

　　娘又乖①，姐又乖，吃娘提箇石灰滿房篩②，小阿奴奴拼得馱郎上床馱下地③，兩人合著一雙鞋。

注釋

①乖：聰明靈巧之意。

②吃娘：給娘，被娘。箇：個。篩：篩子，一種用以分離粗細顆粒的工具。此處指以篩子篩石灰，篩為動詞。

③小阿奴奴：女子的自稱。

譯文

　　娘聰明狡黠姐也靈乖，被娘提著石灰滿房篩。我豁出去馱郎上床馱下地，兩人如同合穿一雙鞋。

點評

　　中國民間的情歌千姿百態，是永不凋謝的繁花，這首山歌就是其中別具風姿的一朵。詩中的女子爲了婚姻戀愛的自由，和作爲封建禮敎的代表的娘鬥法鬥智，一個天眞爛漫機智乖巧的少女形象躍然紙上。全詩如同一幕喜劇小品，其幽默諧謔的風格與風趣，在民間情歌與文人情詩中均極爲少見。

山　歌

〔明〕民　歌

　　結識私情弗要慌①，捉著子奸情奴自去當②。拼得到官雙膝饅頭跪子從實說③，咬釘嚼鐵我偷郎。

二、歡情

203

注釋

①弗要：不要。

②子：了，方言中的語助詞。

③拼得：不顧惜，豁出去。

④咬釘嚼鐵：形容說話之斬釘截鐵，毫不含糊。

譯文

我們祕密結下情緣不要慌張，捉著了奸情小女子我自去承當。豁出去到官衙雙膝跪地我從實說，斬釘截鐵我說我偷郎。

點評

明代文學家馮夢龍採集編纂的《山歌》，收錄了明代許多情歌，此爲其中之一。這首民歌刻劃了一位追求自主愛情的性格堅強的婦女形象，表現了人性的覺醒，也顯示了明代市民階層興起之後婦女的新的精神狀態。全詩語言俚俗而潑辣，擲地有聲。如同法國作家巴爾札克所說：「眞正的愛情總是一模一樣的，但愛情的表現形式卻各有不同。」

山　歌

〔明〕民　歌

憑你春山弗比得姐個青①，憑你秋波弗
比得姐個明②，憑你夜明珠弗比得姐個
寶③，憑你心肝弗比得姐個親。

注釋

①春山：春天的山色碧綠，此處比喻女子的眉黛。
②秋波：秋天的水波明亮，此處比喻女子的眼波。宋代詞人
　　王觀〈卜算子〉：「水是眼波橫，山是眉峰聚。」
③弗比得：不能比，比不上。

譯文

　　憑你春山比不上姐姐的柳眉青，憑你秋波比不上姐姐的杏
眼明，憑你夜明珠比不上姐姐寶貴，憑你心肝比不上姐姐可愛
可親。

點評

　　全詩由四「比」所構成。前二比著重於戀人的外在之美：
春山不如柳眉，秋波不如杏眼。如此強調形容尚嫌不足，後二

二、歡情

比著重於對戀人的感情以及戀人在自己心目中的價值：寶貴勝過明珠，親愛勝過心肝。以上四比，既分別從四個方面比況，前後之間又由外美而內質，同時又層層遞進，可謂獨出心裁。

山　歌

〔明〕民　歌

　　一對燈籠街上行，一個黃昏來一個明①。情哥莫學燈籠千個眼②，只學燈籠一條心③，二人相交要長情④。

注釋

①黃昏：即「昏黃」之倒裝，不明亮之貌。明：明亮。

②千個眼：舊時燈籠一般為竹篾編製，有許多孔穴，外敷之以薄油紙，故云「千個眼」。

③一條心：提燈籠或玩燈籠時，於籠內之燈座上置一支蠟燭而燃點之，蠟燭其芯一條，故曰「一條心」。舊時民歌尚有「莫學燈籠千只眼，要學蠟燭一條心」之句。

④長情：堅貞不二、天長地久的感情。

千葉紅芙蓉

譯文

提一對燈籠走在街上，一個暗淡來一個明亮。情哥哥你莫學燈籠千個眼洞，情哥哥你只學蠟燭一條心腸。我們二人相交要地久天長。

點評

比喻，是詩的驕子。許多詩作就是因為有出色的比喻，才如明珠一顆燦燦生輝。此詩用生活中習見的燈籠作喻，在此前的作品中已得未曾見，更妙的是它一物兩比，即取同一物體的兩種不同的特徵去巧為比喻，否定的是「燈籠千個眼」，肯定的是「燈籠一條心」，妙手拈來，極富民間風情，又使情意如見。

山　歌

〔明〕民　歌

姐住堂巷走一遭①，吃情哥郎扯斷布裙腰②。親娘面前只說肚裡痛，手心捧住弗伸腰。

注釋

①堂巷：街巷，巷子，里弄。

②布裙腰：布裙的腰帶。此處意爲腰帶被情人扯斷，其間省
略了許多情節與意蘊。

譯文

姐住在巷子裡情哥來走一遭，被性急的情哥郎扯脫了布裙
腰。在親娘面前只好謊說肚裡痛，還用手心捧住肚子不敢伸腰。

點評

這是一首富於戲劇性的令人玩味的好詩。其中心情節是情
哥與姐相會，魯莽猴急的情哥竟然扯斷了女方的腰帶，只此一
筆，省略了許多過程而激發讀者的想像。女方只得巧爲掩飾，
一句話一個動作，在窘迫中顯出急智。娘的反應怎樣、後事如
何，一概留給讀者去作審美的藝術再創造。由此可見，詩是巧
爲提示而不是笨爲說盡的藝術。

馬頭調

〔清〕民　歌

喜只喜的今宵夜①，怕只怕的明日離別。
離別後，相逢不知哪一夜。聽了聽，鼓打
三更交半夜②，月照紗窗影兒西斜，恨不
能雙手托住天邊月。怨老天，爲何閏月不
閏夜③？

注釋

①今宵夜：即今晚。「宵夜」爲押韻而同義重複。

②交：先後交替之際。《紅樓夢》第一回：「那天已交三鼓，
　二人方散。」

③閏：「閏」爲餘數。閏年即一年有十三個月，閏月則二月
　有廿九天。「閏夜」則是詩中主人公的一廂情願。

譯文

　　喜就喜今日春宵良夜，怕就怕明日長亭離別。別後重逢不
知在何夜。聽鼓打三更時已半夜，月照紗窗月影已西斜。恨不
能雙手托住天邊西沈的月。老天啊無情的老天，你爲何要延長
白日而不延長夜？

點評

　　喜歡會，怕離別，望重逢，是這首收錄在清人華廣生輯《白雪遺音》中的作品的三部曲。春宵一刻值千金而又春宵苦短，這是古往今來熱戀中的情人所普遍共有的情境，此詩表現了這種普遍情境而動人心弦。明代情歌中有「偏閏年，偏閏月，不閏個更兒」之語，與此詩「爲何閏月不閏夜」有異曲同工之妙。

三、離情──

折盡青青楊柳枝

卷　耳

詩經・周南

采采卷耳①，不盈頃筐②。
嗟我懷人，置彼周行③。

陟彼崔嵬④，我馬虺隤⑤。
我姑酌彼金罍⑥，維以不永懷⑦。

陟彼高崗，我馬玄黃⑧。
我姑酌彼兕觥⑨，維以不永傷。

陟彼砠矣⑩，我馬瘏矣⑪。
我僕痡矣！云何吁矣⑫！

注釋

①采采：採了又採。卷耳：又名苓耳或蒼耳，一種菊科植物，
　嫩苗可食。
②頃筐：斜口筐子，後高前低，簸箕一類。
③彼：指頃筐。周行（音杭）：大路。

④陟：登上。崔嵬：高處，高山。

⑤虺隤：馬病而腿軟。

⑥金罍：銅鑄的酒器。

⑦維：語助詞，無實義。以：介詞，後面省去賓語「之」，借此之意。

⑧玄黃：病，黑馬而毛色發黃。此處也指眼花。

⑨兕觥：「兕」為青色獨角野牛。觥：酒杯。

⑩砠：音「疽」，多石之山。

⑪瘏：音「涂」，病也。下句之「痡」同此。

⑫云：語助詞。吁：音「須」，同「忏」，憂愁。

譯文

　　採了又採卷耳菜，採了半天不滿筐。可嘆我念遠行人，把筐放在大路旁。登上遠處那高山，我馬腿軟不向前。我且斟滿金酒器，借酒澆愁免想念。登上遠處那高崗，我馬有病毛發黃。我且斟滿金酒壺，借酒澆愁除心傷。正在上那石山啊，我馬腿兒發軟啊！我的僕人病了啊！我心怎不憂愁啊！

點評

　　出色的詩作，一定有巧妙的構思。有無巧思，關係一首詩的成敗。此詩的構思值得稱道，首章寫女主人公懷念遠行的丈夫，以下各章則變換角度，從對面寫來，想像自己的丈夫旅途辛苦和對自己的懷念。如此正面不寫寫對面，曲折生情，啟發了後代許多詩人的詩思。王維的〈九月九日憶山東兄弟〉不就是如此嗎？

伯　兮

詩經‧衛風

伯兮朅兮①，邦之桀兮②。
伯也執殳③，爲王前驅。

自伯之東④，首如飛蓬⑤。
豈無膏沐，誰適爲容⑥？

其雨其雨⑦，杲杲日出。
願言思伯⑧，甘心首疾⑨。

焉得諼草⑩，言樹之背⑪。
願言思伯，使我心痗⑫。

注釋

①伯：古代女子對丈夫的稱呼。朅：威武之貌。

②桀：本意是特立，引申爲英俊、英傑。

③殳：兵器之名，長一丈二尺，竹木製成。

④之：動詞，往，去。

⑤蓬：叢生的野草，枯後遇風飛旋，故稱「飛蓬」，此處喻女
　　主人公頭髮散亂。

⑥適：悅，喜悅。爲容：打扮。

⑦其：語助詞，表祈求之意。

⑧願：每，常常。言：語助詞，無實義。

⑨首疾：即疾首，也即頭痛。

⑩焉得：安得，哪得。諼：忘。諼草：古人假想的使人健忘
　　的草。

⑪樹：動詞，栽植。背：同「北」，堂屋之北。

⑫痗：音「妹」，病痛。

譯文

　　高大威武我丈夫，他是國家一英傑。丈二長杖拿在手，爲
王先驅在前列。自從丈夫去東方，頭髮亂如飛蓬樣。不是沒有
潤髮油，爲誰打扮美容光？盼落雨啊盼落雨，太陽出來紅通通。
每次思念我丈夫，想得頭痛也甘心。哪裡能有忘憂草，栽在向
北堂屋邊。常常想念我丈夫，心中痛苦不堪言。

點評

　　這是中國古典詩歌史上最早寫征夫思婦的作品，其中最出
色之處，是「首如飛蓬」的細節描寫，和「誰適爲容」的心理
刻劃。女人是愛美的，女人尤其是爲悅己者容，作者通過精彩

的細節處理和內心世界的揭示，使得人物形象如同特寫鏡頭一樣鮮明突出，而人物內心的複雜情感也引起讀者心弦的和鳴。

君子于役

詩經·王風

君子于役①，不知其期。曷至哉②？
雞棲于塒③。日之夕矣，羊牛下來。
君子于役，如之何勿思④？

君子于役，不日不月。曷有其佸⑤？
雞棲于桀⑥。日之夕矣，羊牛下括⑦。
君子于役，苟無饑渴⑧！

注釋

①君子：妻子稱其丈夫。于：往。于役：在外服役。

②曷：何。曷至哉即何時歸來。

③塒：鑿牆成洞而做的雞窩。

④如之何：怎麼。

⑤佸：會，相會。有佸即又佸，意爲再會。

⑥桀：桀爲「榤」之省借，雞窩中的小木椿。

⑦括：義同「佸」，此處指牛羊聚集一起。

⑧苟：且，如。此處表示希望。

譯文

　　丈夫服役在那遠方，誰知還有多少時光。何時回來喲！雞兒進了窩，夕陽落了山，牛兒羊兒下山崗。丈夫服役在遠方，叫我如何不把他來想？丈夫服役在那遠方，沒有歸期日子漫長。何時能夠歡聚一堂？雞兒進了窩，夕陽落了山，牛兒羊兒下山崗。丈夫服役在遠方，願他無飢無渴人健康！

點評

　　丈夫征戰或勞役在外，妻子在家空房獨守，由此而產生了許多閨怨詩。唐代的閨怨詩如繁花照眼，而閨怨詩最早的花苞卻開放在《詩經》之中，此詩就是其中的一朵。它的成功之處，就是創造了黃昏日暮的典型鄉村環境，人物置身其中而觸景生情，傷離念遠。元代馬致遠〈秋思〉的「夕陽西下，斷腸人在天涯」，就是它的遙遠的回聲。

飲馬長城窟行

〔漢〕樂 府

青青河畔草，綿綿思遠道①。
遠道不可思，宿昔夢見之②。
夢見在我旁，忽覺在他鄉。
他鄉各異縣，展轉不相見③。
枯桑知天風，海水知天寒。
入門各自媚④，誰肯相爲言⑤！
客從遠方來，遺我雙鯉魚⑥。
呼兒烹鯉魚，中有尺素書⑦。
長跪讀素書⑧，書中竟何如：
上言加餐飯，下言長相憶。

注釋

①綿綿：細密不斷，一語雙關「思」與「草」。
②宿昔：「昔」與「夕」通，宿昔即昨夜。
③展轉：意同輾轉，不定之貌。
④各自媚：只顧各自的歡愛。
⑤言：問訊，慰安。

⑥遺：送。雙鯉魚：裝書信的木函，一底一蓋兩塊木板刻成魚形。

⑦尺素：素乃生絹，尺素即是書簡。

⑧長跪：古人席地而坐，坐姿是兩膝著地，臀部壓於脚之後跟。長跪即伸直伸長腰身而跪。

譯文

綠油油是那河邊青青草，細又長懷念親人在遠道。道路遙遠思念而不能見，只在昨夜夢中會了一面。本來夢見他在我的身旁，忽然醒來征人仍在他鄉。飄泊他鄉都是陌生州縣，輾轉不定更加難以相見。桑樹葉落仍然知道天風，海水不冰仍然知道天寒，他人在家各愛自己所愛，誰肯前來安慰我的孤單。忽有位客人從遠方到來，他送我一雙可愛的鯉魚。忙叫兒把魚形木板分開，裡面有一封親人的手書。我伸直腰身細讀那手書，看看信中寫的究竟何如：前面說希望多加餐飯保重身體，後面說的是天長路遠常常相憶。

點評

此詩以長城戍卒爲題寫思婦之情，啓發了後代許多詩人的靈感，曹丕、陳琳等詩人就有同題擬作，唐代詩人更有不少遠承此詩餘緒的篇章。此詩層次分明，意多轉折，前八句兩句一韻，並運用頂針句法，聲義相諧，蟬聯不斷。結尾別開一境，餘味無窮，正如古典詩論所說「一篇之妙在乎落句」。

雙白鵠

〔漢〕樂　府

飛來雙白鵠，乃從西北來。
十十將五五①，羅列行不齊。
忽然卒疲病，不能飛相隨。
五里一返顧，六里一徘徊。
吾欲銜汝去，口噤不能開②；
吾欲負汝去，毛羽何摧頹③。
樂哉新相知，憂來生別離。
躇躊顧群侶④，淚落縱橫垂。
今日樂相樂，延長萬歲期⑤。

注釋

①將：與，共。
②噤：閉口不言，關閉。潘岳〈西征賦〉：「有噤門而莫啓。」
③摧頹：損毀頹敗之意。
④躇躊：即跙踟，徘徊不前之貌。
⑤「今日」句：結尾兩句爲入樂時所加，與詩意無關。

譯文

　　飛來一對白天鵝，牠們是從西北來。後面雙雙與對對，上下飛舞多歡快。雌鳥忽然疲且病，不能飛翔再跟隨。飛行五里一回首，飛行六里一徘徊。我想銜你同飛去，無奈閉口不能開；我想背你同飛去，無奈羽毛多損壞。前面將有快樂的新相識，但不忍和舊伴永分開。徘徊不前回看群飛眾情侶，涕淚交流孤單的我多悲哀。

點評

　　這首寫夫妻離別的詩，出之以寓言的形式，托之以白鵠的形象，可稱之爲寓言愛情詩。它的內容並無特別的新意，但藝術表現上卻頗多創新，全詩以禽鳥喻人情，前四句是客觀敍寫，之後即轉入禽鳥的主觀抒情，想像新奇，構思巧妙，手法新穎，對古典詩藝的豐富和發展作出了貢獻。

豔歌行

〔漢〕樂　府

翩翩堂前燕，冬藏夏來見①。
兄弟兩三人，流宕在他縣②。
故衣誰當補？新衣誰當綻③？
賴得賢主人，覽取爲吾組④。
夫婿從門來，斜柯西北眄⑤。
語卿且勿眄，水清石自見。
石見何累累⑥，遠行不如歸。

注釋

①見：此處同「現」，即回來，出現。
②流宕：即流蕩，飄流在外。
③綻：意爲縫。
④組：音「蛋」，其意爲縫。
⑤眄：音「面」，斜著眼睛看。
⑥累累：身心因負累太多太重而疲憊。

譯文

　　翩翩翔舞堂前燕，冬天飛走夏天現。我們兄弟兩三人，飄泊不定在外縣。舊衣破了誰來補？要做新衣誰來縫？幸虧主人多賢慧，拿去破衣縫幾針。丈夫從外進門檻，斜靠樹枝白眼看。請你不要白眼看，流水清清石自現。石現我心多疲累，遠行遊子不如歸。

　　這是一首具有情節與戲劇性的抒情詩。人物是飄泊他鄉的遊子、女主人和她的丈夫，其間有小小的誤會，有內心的獨白和人物的對話，「語卿」句即是女主人的告白，「石見」句即是遊子的自訴，有「斜柯西北眄」的形神畢現的細節描寫，多種藝術手法的運用，創造了這一幅典型的以夫妻情愛爲中心的社會生活圖景。

古絕句

〔漢〕樂　府

　　菟絲從長風①，根莖無斷絕。
　　無情尚不離②，有情安可別③？

注釋

①菟絲：亦作「兔絲」，蔓生草本植物，常依附於其他植物根
　莖生長。長風：遠處吹來其勢勁烈的風。從：隨，任憑。
②尚：尚且。

③安可：怎麼可以，怎能。

譯文

　　菟絲任憑勁烈長風的吹刮，它也不和纏附的根莖斷絕。沒有感情之物尚且不離分，有情的戀人怎可輕易離別？

點評

　　古詩有「與君爲新婚，菟絲附女蘿」之語，江淹〈古別離〉也有「菟絲及水萍，所寄終不移」之句。此詩前兩句寫景，景非虛設，而是爲後兩句的由景及人、以物喻人先作鋪墊。第三句承上啓下，也陡爲轉折，結句逼出本意，以「有情」與「無情」作強烈對照，並以詰問之句出之，更覺情韻悠然，令人尋味。

蘭若生春陽

〔漢〕古　詩

蘭若生春陽①，涉冬猶盛滋。
願言追昔愛②，情款感四時③。

美人在雲端④，天路隔無期。

夜光照玄陰⑤，長嘆戀所思。

誰謂我無憂，積念發狂癡。

注釋

①蘭若：即香草蘭花與杜若，生長於春日。

②願言：猶「願然」，靜默沉思之貌。

③情款：情懷，心曲，忠實的感情。

④美人：所愛的人。

⑤夜光：月光。玄陰：幽暗之處。

譯文

蘭草杜若喜愛春日的陽光，越過冬天仍然繁茂地生長。我沈靜地追憶往昔的恩愛，忠貞的情感四時都是一樣。戀人遠遊在外啊如隔雲端，雲天之路阻隔相會多渺茫。天上的月光照耀下界幽暗，我長長嘆息想念我的情郎。誰說我心中無憂也無慮啊，長期的思念使我如癡如狂。

點評

前四句由蘭若而起興，寫自己的熱烈而忠貞的戀情，後六句抒發天各一方相會無由的憂傷，由舒緩而激越，由沈靜而高揚，全詩的感情線索斑斑可考。李白〈長相思〉說：「美人如花隔雲端，上有青冥之高天，下有淥水之波瀾。」他的詩句就是由此化出而後來居上，可見民歌是一道清清的長流水，歷代

的大詩人都曾在它的岸邊作一瓢之飲。

新樹蘭蕙葩

〔漢〕古　詩

新樹蘭蕙葩①，雜用杜蘅草。

終朝采其華②，日暮不盈抱③。

采之欲遺誰？所思在遠道。

馨香易消歇，繁華會枯槁④。

悵望欲何言，臨風送懷抱。

注釋

①樹：種植。蘭蕙：均爲香草之名。葩：花也。

②華：同「花」。《詩經・桃夭》：「桃之夭夭，灼灼其華。」

③不盈抱：不滿一抱。《詩經・卷耳》：「采采卷耳，不盈頃
　筐。」《詩經・采綠》：「終朝采綠，不盈一匊。」

④枯槁：草木枯萎。以香消花謝喻人之青春易逝。

譯文

新種植蘭蕙之花，還種有杜蘅香草。早晨採摘那鮮花，到黃昏不滿一抱。採集鮮花想送誰？所懷之人在遠道。芳香容易消與散，繁花也易枯和槁。惆悵地遙望遠方還想說些什麼？只希望風將馨香送到他的懷抱。

點評

採香草以贈美人，是《詩經》、《楚辭》的藝術傳統表現手法，這首寫思婦懷人的詩，就是運用這種手法而結撰成章。全詩圍繞種花、採花、贈花這一中心，井然有序而層層深入地表現了女主人公的心理世界。從當代「新批評」的觀點分析，這首詩的嚴謹有序的結構也值得稱道。

行行重行行

〔漢〕古 詩

行行重行行①，與君生別離。
相去萬餘里，各在天一涯。

道路阻且長，會面安可知？

胡馬依北風②，越鳥巢南枝③。

相去日已遠，衣帶日以緩。

浮雲蔽白日④，遊子不顧返。

思君令人老，歲月忽已晚⑤。

棄捐勿復道⑥，努力加餐飯！

注釋

①行行：走啊走啊。重：又，再。

②胡馬：產於北方的馬。依北風：胡馬南來仍依戀北風。此
句以馬喻人。

③越鳥：產於南方的鳥。巢南枝：越鳥北去，仍築巢於南向
的樹枝，意為鳥獸都眷戀故鄉，人更應是如此。

④「浮雲」句：暗指遊子另有所歡，被其蒙蔽。

⑤「歲月」句：一語雙關，既指一年將逝，也指年華易老。

⑥棄捐：棄置，捐棄。

譯文

　　走啊走啊越走越遠，和夫君你死別生離。彼此相隔萬里之
遙，你我各在天之邊際。道路阻障多而且長，重逢之日怎麼能
知？南來胡馬依戀北風，北去越鳥築巢南枝。相隔一天比一天
遠，衣帶一天比一天寬。浮雲飛來遮蔽太陽，遊子在外不想回
返。思念夫君令我蒼老，歲月匆匆忽已近晚。相思啊幽怨啊什
麼都拋開不說，只望你在外注意健康努力加餐！

　　這是《古詩十九首》中的開篇之作。它表現的是思婦懷人這一文學中的「母題」，卻有許多別開生面之處。一是回環復沓，反覆詠嘆，大大地增強了全詩的音樂美感，顯示出民歌的風姿；二是引用和化用民歌民謠以及《詩經》、《楚辭》中的成句，水乳交融，恰到好處；三是結構嚴謹，層次分明，渾然天成爲一個完美的藝術整體。

涉江采芙蓉

〔漢〕古　詩

涉江采芙蓉①，蘭澤多芳草②。
采之欲遺誰？所思在遠道。
還顧望舊鄉③，長路漫浩浩④。
同心而離居⑤，憂傷以終老。

注釋

①芙蓉：蓮花。

②蘭澤：長滿蘭草的澤地。

③舊鄉：故鄉，家鄉。

④漫浩浩：此處形容歸途的遙遠。

⑤同心：愛情的代稱，指夫妻間的恩愛。離居：分離而生活
於兩地。

譯文

渡過江水摘蓮花，蘭澤地裡採芳草。採摘花草想送誰？我
思念的人在遠道。回頭眺望舊家鄉，天長地闊路遙遙。夫妻恩
愛卻分離，只得憂傷而到老！

點評

在文學的長河中，前浪是後浪的先行，後浪是前浪的發展。
清人李篤因認為此詩對〈離騷〉數千言，括之略盡，當然過於
溢美，但此詩不僅繼承了屈騷美人香草的傳統，意境清遠，而
且吸收和化用了屈騷中的許多詞語，如「涉江」、「芙蓉」、「芳
草」、「舊鄉」、「同心」、「離居」等等，因此可以說：長江後浪
「承」前浪。

庭中有奇樹

〔漢〕古 詩

庭中有奇樹，綠葉發華滋①。
攀條折其榮，將以遺所思②。
馨香盈懷袖③，路遠莫致之④。
此物何足貴，但感別經時。

注釋

①華：花。下句之「榮」意亦同「花」。滋：繁盛，繁茂，此
　處指花之盛開。
②遺：讀音「衛」，贈送之意。
③盈：充滿，滿盈，此處說花香四溢。
④之：代詞，意爲「他」，即所愛的人。

譯文

庭院中有一株佳美的樹木，綠葉欣欣開放著繁盛的花。攀
住枝條折取豔麗的一束，想拿來送給我所思念的他。花兒芬香
四溢染滿了衣袖，天長路遠想送去沒有辦法。這些花兒並沒有
什麼珍貴，只因離別日久相思難表達。

　　此詩言淺意深，曲折有致。明陸時雍《古詩鏡》說它「深衷淺貌，語短情長」，清人張庚《古詩十九首解》認爲「通篇只就『奇樹』一意寫到底，中間卻有千迴百折，而妙在由『樹』而『條』，而『榮』而『馨香』，層層寫來，以見美盛，而以一語反振出『感別』便住，不更贅一語，正如山之蜿蜒迤邐而來，至江以峭壁截住。」均可謂探驪得珠。

迢迢牽牛星

〔漢〕古　詩

迢迢牽牛星①，皎皎河漢女②。
纖纖擢素手③，札札弄機杼。
終日不成章④，泣涕零如雨。
河漢清且淺⑤，相去復幾許？
盈盈一水間，脈脈不得語。

注釋

①牽牛星：天鷹星座主星，俗名牛郎星，在銀河南面。

②皎皎：此處爲星光明亮之貌。河漢女：指織女星，爲天琴
星座主星，在銀河北面。

③擢：此處指織布時手的擺動。

④章：布帛紋理，此指織不成布。

⑤河漢：銀河。

譯文

路途遙遠啊牽牛星，光輝閃耀啊是織女。細長白皙的手指
在擺動，札札之聲是她操作機杼。織了一天竟沒有織成布，涕
泗交流啊臉上淚如雨。那銀河清清河水也淺淺，兩星之間相距
究竟幾許？只隔著一條清淺的河流，含情而望啊卻不能相語。

點評

在遙遠的漢代，就已經流傳牛郎織女的神話傳說。《古詩十
九首》中的這一作品，是以牛郎織女爲題材的最早也是最出色
的篇章之一。它感情真摯，想像豐富，連用六個疊詞而加強了
全詩的音樂之美，啓迪了後代無數詩人的詩思。在新詩創作中，
郭沫若〈天上的市街〉遙承了它的餘緒，詩人鄭愁予的〈雨絲〉
不也遙紹了它的一脈心香嗎？

孟冬寒氣至

〔漢〕古　詩

孟冬寒氣至，北風何慘栗①。

愁多知夜長，仰觀衆星列②。

三五明月滿③，四五蟾兔缺④。

客從遠方來，遺我一書札⑤。

上言長相思，下言久離別。

置書懷袖中，三歲字不滅。

一心抱區區，懼君不識察。

注釋

①慘栗：形容北風淒厲，令人冷得發抖。

②衆星列：天空中衆星羅列，是初一無月之夜，時在上旬。

③三五：一個月的十五日，時在中旬。

④四五：一月的二十日，時在下旬。蟾兔：傳說后羿之妻姮娥偷吃靈藥，飛入月宮化爲蟾蜍。古代神話中有玉兔於月宮搗藥之說。蟾兔代指月亮，與前句之「明月」換詞申意。

⑤書札：書信。古代未發明紙時，文字寫於小木簡之上，稱爲「札」。

譯文

　　孟冬十月寒氣降臨，北風淒厲令人發抖。憂愁難眠更覺夜長，仰望夜空一天星斗。十五之夜明月圓滿，二十之夜月不當頭。客人曾從遠方到來，一封書信送交我手。前面說的長相思念，後面寫的離別長久。三年過去字跡如新，這封書信長藏懷袖。我抱定的是誠摯堅貞的感情啊，怕只怕他不加體察而置於腦後。

點評

　　閨中獨處，寒夜懷人。前面六句緊扣眼前情景，渲染了懷人的典型環境與濃重氛圍，後面八句卻掉轉筆頭倒敘三年前的一件往事，更表現出思婦對遠行久別的丈夫的懷念刻骨而銘心，全詩也顯得曲折有致。對此詩的巧妙構思，前人朱筠在《古詩十九首說》中說得好：「至客從遠方來，別開境界，別訴懷抱。」

客從遠方來

〔漢〕古　詩

客從遠方來，遺我一端綺①。
相去萬餘里，故人心尚爾②。
文彩雙鴛鴦，裁爲合歡被③。
著以長相思④，緣以結不解⑤。
以膠投漆中，誰能別離此！

注釋

①一端綺：一端即半匹，一端綺即半匹綢布。

②心尚爾：感情仍然和過去那樣。爾：那樣。陶潛〈飲酒〉：
「問君何能爾，心遠地自偏。」

③合歡：落葉喬木，黃昏時其羽狀複葉的小葉片相對併合。
亦指合歡花紋，象徵夫妻情愛。此處指有雙鴛鴦的圖案。

④著：衣被中裝絲綿。長相思：「思」與「絲」諧音，長相
思指長絲綿，又有綿長不斷的情思之意。

⑤緣：被的邊緣用絲縷綴結，可解者爲「紐」，即活結，解不
開者爲「締」，即死結。

譯文

客人從遠方到來，帶給我綢布半匹。相隔有萬里之遙，故
人仍是過去心意。繡成鴛鴦雙戲水，合歡被子新裁起。裝進細
長的絲綿，打成不解的締結。把膠混合在漆中，誰能讓其輕分
別！

三、離情

點評

　　這是無名氏的《古詩十九首》中最接近民歌風韻的一首。語言淺近而含意深長，諧音之字，雙關之語，更是民歌的當行本色。值得稱道的還有此詩精妙的剪裁：「客來遺綺」破空而起，然後集中筆力寫思婦的心理活動，以及她的「裁」、「著」、「結」的動作，最後以膠漆之喻作結，戛然而止，留下的是不絕的餘音。

明月何皎皎

〔漢〕樂　府

明月何皎皎①，照我羅床幃。
憂愁不能寐②，攬衣起徘徊。
客行雖云樂③，不如早旋歸④。
出戶獨彷徨，愁思當告誰？
引領還入房，淚下沾裳衣。

注釋

①皎皎：潔白明亮。《詩經·陳風·月出》：「月出皎兮。」

②寐：睡，入睡。《詩經·邶風·柏舟》：「耿耿不寐，如有隱憂。」

③云：說，道，曰。如「人云亦云」。

④旋歸：歸來，回來。

譯文

天上月光多麼明亮，照著我絲織的床帷。憂愁煎心不能入睡，提起衣裳繞室徘徊。良人在外雖說快樂，還是不如早日回歸。走出室外獨自徬徨，心中愁思能告訴誰？引領而望回到房中，衣裳之上沾滿淚水。

點評

此詩開篇的情景交融之語，大約給數百年後的唐代大詩人李白留下了深刻印象吧？他的〈靜夜思〉一詩的起句就是「床前明月光」。這首詩，有人說是思婦思念遠行丈夫的閨情詩，有人卻說是遊子久客思歸之作，我以為此詩富於彈性，詩中主人公的性別並無確指，因此，我雖取前解，但並不排斥解釋的多樣性。文本多義而解釋多樣，是中國古典詩歌及其詮釋的特色之一。

子夜歌

〔南朝〕樂　府

今夕已歡別①，合會在何時？
明燈照空局②，悠然未有期③。

注釋

①歡：古代男女對情人的昵稱。此處指歡會而別。
② 空局：空空的旣無棋子更無對局人的棋盤。局爲棋盤之
意。
③悠然：此處指時日漫長。悠然隱「油燃」之意，與「明燈」
照應。期：日期。期雙關「棋」，與「空局」照應。

譯文

今夜與情人歡會而別，何時重溫那柔情蜜意？明燈照耀空
空的棋局，時日漫長相見渺遠無期。

點評

諧音雙關是民歌中習用的藝術手法，此詩不僅妙用雙關，
而且妙在提煉了「棋盤」這一意象，化主人公抽象的情思爲獨
特的具體的呈現。後代詩人類似的佳作，有宋代趙師秀的〈約

客〉：「黃梅時節家家雨，青草池塘處處蛙。有約不來過夜半，閒敲棋子落燈花。」有杜牧的〈重送〉：「絕藝如君天下少，閒人似我世間無。別後竹窗風雪夜，一燈明暗覆吳圖。」

子夜四時歌 (春歌)

〔南朝〕樂 府

自從別歡後，嘆音不絕響①。
黃檗向春生②，苦心隨日長③。

注釋

①嘆音：嘆息之聲。
②黃檗：檗音「簸」。即黃柏樹，味極苦。
③苦心：樹的本株叫「心」，一語雙關，旣指樹心之苦，也表
　　人心之苦。長：增長。

譯文

　　自從情郎你離我而去之後，我沒有斷絕過嘆息的聲響。黃
柏樹在春天欣欣向榮啊，那苦心也隨著時間天天增長。

　　這是民歌中屢聽不鮮的相思之曲,但它仍然可以給讀者以新鮮之感,主要在於它綜合運用了雙關隱語和比喻手法,而比喻具有創造性。俄國大作家托爾斯泰説過:「愈是創造的,便愈是詩的。」此詩正是創造性地運用了「黃檗向春生,苦心隨日長」的比喻,義兼雙關,從而使陳舊的題材與主題得到了新穎的表現。

子夜四時歌 (夏歌)

〔南朝〕樂　府

田蠶事已畢①,思婦猶苦身②。
當暑理絺服③,持寄與行人。

注釋

①田蠶:指農事活動的種田、養蠶。畢:完了,完畢。

②思婦:思念外出丈夫的婦人。苦身:勞苦之身,此處也寓對行人的思念之苦。

③當：對著，冒著。理：治理，料理。絺：讀音「癡」。絺服
即細葛布做的衣服。《詩經‧周南‧葛覃》：「爲絺爲綌。」

譯文

種田養蠶的事已經完畢，思婦仍然是勞身又苦心。冒酷熱
趕製細葛布衣服，拿來寄給外出的遠行人。

點評

在古代的民間傳說中，孟姜女是爲丈夫送寒衣，在這首南
朝民歌中，思婦是爲丈夫寄送熱天的衣服。它未正面去寫別離
的場面，也沒有涉及「行人」在外的情況，而只落筆於思婦的
辛勞和她的思念之苦，一位勤勞、賢淑的婦女形象便人立紙上。
後代不少詩人歌詠縫衣寄遠，都是承繼了此詩的一脈馨香。

子夜四時歌 (秋歌)

〔南朝〕樂　府

秋風入窗裡，羅帳起飄颺①。
仰頭看明月，寄情千里光②。

三、離情

注釋

①飄颺：飄動，飄揚。

②千里光：照耀千里的月光。

譯文

蕭瑟的秋風吹進紗窗，絲織的床帳風中飄揚。擡頭久久凝望那天上的明月，離情寄托給普照千里的月光。

點評

楚國的宋玉在〈九辯〉中説：「悲哉，秋之爲氣也，蕭瑟兮草木搖落而變衰。」自此，秋天在中國古代就成爲懷人的季節。明月，自古也是中國人思親情結的寄托。此詩正是對秋月而抒懷，格調頗似唐代的五言絕句，而李白的「我寄愁心與明月，隨風直到夜郎西」(〈聞王昌齡左遷龍標遙有此寄〉)，説明這位詩人雖然是天縱奇才，但也曾到南朝樂府的殿堂裡上香。

子夜四時歌 (秋歌)

〔南朝〕樂　府

自從別歡來，何日不相思。

常恐秋葉零①，無復連條時②。

注釋

①秋葉：秋日經霜的樹葉。零：零落，飄散，凋謝脫落。〈離
騷〉：「惟草木之零落兮。」

②無復：不再。連條：樹葉與枝條相連。「連」與「憐」諧音，
此處以樹葉喻男子，以枝條喻女子。

譯文

自從情郎啊離別之後，有哪一天不令我相思？常常擔心的
是秋葉隨風飄落，再沒有和樹枝連在一起之時。

點評

前兩句抒寫別後的相思，後兩句深入一層，表現女主人公
內心深處的恐懼。這種恐懼之心理的社會的內容雖然沒有透
露，但讀者卻不難想像，因此，從接受美學的觀點看來，這首
詩的最後完成，就有賴於讀者的審美再創造，這也正是此詩藝
術上的高明之處。和盤托出，一覽無遺，效果適得其反。

三、離情

245

子夜四時歌 <small>(秋歌)</small>

〔南朝〕樂　府

別在三陽初①，望還九秋暮②。
惡見東流水③，終年不西顧④。

注釋

①三陽：三春，春天的第三個月，即陰曆三月。初：開始，
　開頭。
②還：回來，歸來。九秋：秋季的九十天。九秋暮即指秋天
　將盡。
③惡：音「務」，討厭，厭惡，害怕。
④顧：回顧，回頭。

譯文

　　分別在陽春三月的開始，望他歸來卻在秋天已盡，害怕看
見那往東而去的流水，終年也不回頭一去杳無音訊。

點評

　　言在此而意在彼，刺激讀者的想像，讓他們積極地參與作
品的再創造，這是好詩的特徵之一。此詩所說的表層是指流水，

深層所説的卻是自己的情人，抽象的情思寄寓於具體的意象，而且言此意彼，沒有直白的解説，只有引人思索的暗示，這就是此詩詩藝高明之處。

子夜四時歌 (冬歌)

〔南朝〕樂　府

昔別春草綠，今還墀雪盈①。
誰知相思老②，玄鬢白髮生③。

注釋

①墀：臺階。盈：滿。

②相思老：俗語「相思令人老」。

③玄：黑色。鬢：面頰兩旁近耳的頭髮。《莊子・說劍》：「蓬
　頭突鬢。」

譯文

　　過去分別時春草碧茵茵，今日你回鄉臺階雪紛紛。有誰知
道那相思令人老，烏黑的鬢角白髮已叢生。

三、離情

點評

　　《詩經‧采薇》篇中有「昔我往矣，楊柳依依；今我來思，雨雪霏霏」之句，清代王夫之《薑齋詩話》認爲「以樂景寫哀，以哀景寫樂，一倍增其哀樂」。此詩前兩句大體相似，可見前後之承傳，而後兩句則不僅「玄鬢」與「白髮」對比鮮明，「玄鬢」與「春草」、「白髮」與「墀雪」互相照應，而且春別之黑髮到冬還時即已變白，也遙啓李白〈將進酒〉「君不見高堂明鏡悲白髮，朝如青絲暮成雪」之詩思。

丁督護歌

〔南朝〕樂　府

　　聞歡去北征，相送直瀆浦①。
　　只有淚可出，無復情可吐②！

注釋

①直瀆浦：可有二解，一解爲地名，未詳何地。一解是「瀆浦」指江邊，「直」則是直接、徑直之意。譯文取後解。

②吐：吐露，表白。

譯文

　　聽說情郎隨軍去北征，送他直送到那大江邊。只有淚湧如泉止不住，無可傾吐啊心中的萬語與千言！

點評

　　無言之言，甚於慟哭。雖有千言萬語，卻一時語塞，或欲說還休，這是人生的一種許多人都經歷過的普遍情境。此詩的後兩句構成強烈的反照與對比，語雖平白直率卻內涵豐富，動人心弦。宋代詞人柳永〈雨霖鈴〉的「執手相看淚眼，竟無語凝噎」，寫的是類似情境，但文辭畢竟是文人本色了。

讀曲歌

〔南朝〕樂　府

桃花落已盡，愁思猶未央①。
春風難期信②，托情明月光③。

注釋

①未央：未了，未盡，沒有完結。

②難期信：難以期望和相信，即是說春風不可相信。

③托情：寄情，托付感情和話語。

譯文

　　枝頭的桃花已經落盡，心頭的愁思卻仍綿長。飄忽不定的春風啊不可輕易相信，還是把相思之情托付永恒的月光。

點評

　　春風爲什麼難以期信？大約是春風中的桃花已經落盡而情人猶未回還吧，癡情的女主人公卻怨起春風來，她心中對情人的愁思怨緒就宛然可想了。中國古典詩歌中的明月，從《詩經》中的〈月出〉篇中升起來之後，它照耀過漢魏六朝的天空，在唐詩宋詞中匯成了一個多彩多姿的月世界，這個月世界裡，就有這首讀曲歌的一縷清光。

七日夜女歌

〔南朝〕樂　府

婉孌不終夕①，一別周年期②。
桑蠶不作繭，晝夜長懸絲③。

注釋

①婉孌：親愛相處。李白〈寄遠十一首〉：「恩情婉孌忽爲別，
使人莫錯亂愁心。」不終夕：一個晚上都沒有完，意即不
到一夜。

②周年期：一年的日期。

③懸絲：「絲」諧音「思」，懸絲即懸思。此處指織女時時思
念牛郎。

譯文

相親相愛還不到一夜啊，一別就將是漫長的一年。如同那
春蠶不作成繭囊，日夜懸著蠶絲其絲綿綿。

點評

牛郎織女的動人傳說源遠流長，在《詩經·小雅·大東》
篇中就有對牛郎織女的詠唱，而共爲九首的〈七日夜女歌〉，則

是中國詩史上最早最完整的表現這一愛情悲劇母題的篇章。本詩是組詩之五，首二句寫會短別長，後兩句以生活中習見的蠶織勞作爲喻，妙用雙關之語，使得這一悲劇表現得惻惻感人。

華山畿

〔南朝〕樂　府

相送勞勞渚①，
長江不應滿，
是儂淚成許②！

注釋

①勞勞渚：「勞勞」爲惆悵不已之貌；「渚」爲水中的小洲。勞勞渚大約是南京附近長江之邊的地名。李白〈勞勞亭〉：「天下傷心處，勞勞送客亭。春風知別苦，不遣柳條靑。」

②許：這樣，如此。蘇軾〈答文與可〉：「世間哪有千尋竹，月落空庭影許長。」

譯文

送郎送到長江邊上，江水本來不應該盈滿上漲，是我的眼淚將它流成這樣汪洋浩蕩！

點評

中國的長江，奔流在歷代文人和無名作者的詩句裡，此處選評的這首詩，就是較早的作品之一。女主人公竟然說浩浩江水是她的眼淚流成，這不僅是「誇張」，更可以說是具有現代感的「荒誕」，但不如此則不足以表現人物的痛苦與癡情。南唐李後主寫下〈虞美人〉中的「問君能有幾多愁？恰似一江春水向東流」時，他是否也曾想到這首詩呢？

三洲歌

〔南朝〕樂　府

風流不暫停①，三山隱行舟②。
願作比目魚③，隨歡千里游。

注釋

①風流：風吹水流。

②三山：不詳，或爲山名，或指遠處的三座山。

③比目魚：鰈形目魚類的總稱，兩眼生在身體的同側，相傳此魚兩條同游，以便互相照看，民間常以之比喻恩愛夫妻或情人。

譯文

征帆遠去風吹水流，檣桅消失三山背後。我願化作比目之魚，跟隨情郎千里同游。

點評

前兩句寫情郎的船帆漸行漸遠，這種情境描繪可能啓發了李白，使他在〈送孟浩然之廣陵〉中吟出了「孤帆遠影碧空盡，惟見長江天際流」的詩句，而「比目魚」之喻，在中國詩歌中也不少見，而在智利詩人彼森特·維多夫羅的〈咱們倆〉中，形容戀人是「同一條河裡的兩道連漪」、「同一朵花裡的兩顆露滴」、「一顆星的兩道光輝」、「一把琵琶彈出的兩個音符」、「一個窩中的兩隻小鳥」，卻獨獨沒有比目魚。

那呵灘

〔南朝〕樂　府

聞歡下揚州①，相送江津灣②。
願得篙櫓折，交郎到頭還③。

篙折當更覓，櫓折當更安④。
各自是官人⑤，那得到頭還？

注釋

①揚州：當時之州名，位於現在的江蘇省南京市東南。
②江津：今湖北省江陵縣附近。
③交：敎。到：同「倒」。到頭：此處意爲倒轉船頭。
④安：安放，安置。
⑤官人：此處意爲給官家當差的人。

譯文

　　聽說情郎你要去揚州，送別你啊送到江津灣。只願長篙大櫓都折斷，敎郎倒轉船頭好回還。

　　長篙斷了當會再尋一根，大櫓折了當會再行裝安。大家都是官府當差人，怎麼能倒轉船頭回還？

〈那（讀音「諾」）呵灘〉是南朝時流行在長江中游和漢水流域的民歌，屬於荊楚一帶的「西曲歌」。江南的「吳聲歌」風格豔麗而柔弱，「西曲歌」的風格則熱烈而浪漫，這一特色從上述一唱一和中即可看出，特別是女主人公一廂情願地盼望篙櫓折斷，更是奔放熱烈，無理而妙，不言「愛」而愛得刻骨銘心，心魂搖蕩。

石城樂

〔南朝〕樂　府

聞歡遠行去，相送方山亭①。
風吹黃檗藩②，惡聞苦籬聲③。

注釋

①方山亭：亭名，在今浙江省金華縣。石城在竟陵，今湖北鍾祥縣，故此詩中的方山亭應為竟陵郡之亭。
②黃檗藩：用苦木黃檗的樹枝做的籬笆。

③惡聞：怕聽到。苦籬：即上句所說的「黃檗藩」，諧音「苦
　離」。

譯文

　　聽說情郎要遠行，送他送到方山亭。風吹黃柏樹枝籬笆沙
沙響，苦心人害怕聽到那苦籬聲。

點評

　　此詩仍然是寫分離之苦，在內涵上並沒有新意，但是，有
才華的民間作者卻可以對他人寫過一千次的題材與主題，作一
千零第一次的新的藝術表現。詩中以「苦籬」諧音「苦離」，這
已經是民歌中屢見不鮮的雙關隱語的花樣翻新了，黃檗味苦，
在女主人公的聽覺與嗅覺中，風吹其聲也苦，這更是味覺通於
聽覺和嗅覺的通感的妙用。

烏夜啼

〔南朝〕樂　府

可憐烏臼鳥①，強言知天曙②。

無故三更啼③，歡子冒暗去④。

注釋

①可憐：本意為可愛，此處轉義為可恨之意。烏臼鳥：俗名黎雀，黎明時鳴叫。

②強言：硬說。

③三更：「更」為舊時夜間計時的單位，一夜分為五更，三更指夜十二時左右。

④冒暗去：頂著、冒著黑夜離去。

譯文

可恨是那黎雀鳥，硬說自己知天明。無緣無故剛剛半夜就啼叫，害得情郎冒黑離去急匆匆。

點評

這是一首情味盎然的抒情小詩，也是流行在長江中游和漢水流域的民歌。女主人公恨良宵苦短，幽會的情人畏於封建禮法而匆匆離去，她竟埋怨起不知人間情事的鳥雀來。清代詞論家賀裳在《皺水軒詞筌》中說：「唐李益曰：『嫁得瞿塘賈，朝朝誤妾期。早知潮有信，嫁與弄潮兒。』子野〈一叢花〉末句云：『沈思細恨，不如桃杏，猶解嫁春風。』此皆無理而妙。」這首民歌不也是如此嗎？

平西樂

〔南朝〕樂　府

　　我情與歡情，二情感蒼天①。
　　形雖胡越隔②，神交中夜間③。

注釋

　　①二情：兩人的互相思念之情。
　　②胡越隔：「胡」在古代指北方的外國，「越」爲福建、兩廣
　　　等南方地區。「胡越隔」形容兩人相隔遙遠。
　　③神交：精神上相知或相會，此處指夢中相見。中夜：夜半，
　　　半夜。

譯文

　　我思念你你也將我懷戀，我們的情意可感動老天。你我的
形體雖然相隔遙遠，但兩心相通常在夢中相見。

點評

　　日有所思，夜有所夢。夢是人的慾望與潛意識的一種折光。
古往今來的文學作品，有不少對於夢境的精彩描寫，有的甚至

以「夢」來命名，如小說《紅樓夢》。這首民歌寫情人在夢中相會，可見彼此憶念之深，尤可見女主人公的一片癡情，但夢境的具體內容作者卻沒有涉及，引人想像應該是詩藝高明的表現。

西洲曲

〔南朝〕樂　府

憶梅下西洲①，折梅寄江北②。
單衫杏子紅，雙鬢鴉雛色。
西洲在何處？兩槳橋頭渡。
日暮伯勞飛③，風吹烏臼樹。
樹下即門前，門中露翠鈿④。
開門郎不至，出門採紅蓮。
採蓮南塘秋，蓮花過人頭。
低頭弄蓮子，蓮子青如水⑤。
置蓮懷袖中，蓮心徹底紅⑥。
憶郎郎不至，仰首望飛鴻⑦

鴻飛滿西洲，望郎上青樓。

樓高望不見，盡日欄杆頭。

欄杆十二曲，垂手明如玉⑧。

捲簾天自高，海水搖空綠。

海水夢悠悠，君愁我亦愁。

南風知我意，吹夢到西洲。

注釋

①西洲：武昌附近。唐溫庭筠有「西洲風日好，遙見武昌樓」
　之句。下：去。去西洲因爲它是詩中女子與情人的舊遊之
　地。

②江北：長江之北。此指情人現在的居地。

③伯勞：慣於單棲之鳥。暗喻女子的孤單。

④翠鈿：鑲嵌翠玉的頭飾。

⑤蓮子：諧音「憐子」。靑如水：比喻對男方的愛情之純淨。

⑥蓮心：諧音「憐心」，即愛憐之心。徹底紅：象徵愛情的眞
　摯深沈。

⑦飛鴻：古代有鴻雁傳書之說，此指書信。

⑧垂手：手扶欄杆。明如玉：潔白如玉。

譯文

　　回憶往事去西洲把梅花採摘，採摘梅花捎到情郎住的江
北。穿著杏紅顏色的單衫，鬢髮如雛鴉一般烏黑。西洲啊在什
麼地方？雙槳輕舟渡過橋樑。黃昏時分伯勞翔飛，風吹烏臼沙

沙作響。烏臼樹下是她的家門，門中露出守望的身影。打開家門情郎不見，只好出門採摘紅蓮。採蓮南塘已是清秋，蓮花朵朵高過人頭。低下頭來撫弄蓮子，憐子柔情如水清純。清香蓮子放置懷袖，愛憐之心眞摰深沈。懷念情郎情郎不至，心繫遠方仰望飛鴻。鴻雁南飛落滿西洲，遙望情郎獨上西樓。樓閣再高也望不見，整天竟日佇立凝眸。十二欄杆彎彎曲曲，手扶欄杆潔白如玉。捲起珠簾天空高遠，水天相接碧空搖綠。海水別夢一樣悠悠，情郎憂愁我也憂愁。南風啊你如知道我的心意，請把我的夢魂吹到那西洲！

點評

前人曾說此詩是「言情之絕唱」，信言不虛。這首詩寫一位女子對情人的懷念，婉轉纏綿，情深一往，其感情的眞摰深沈就足以動人情腸，而情景的水乳交融，時序節候的一線貫穿，接字重字的修辭手法，以形傳神的細節描寫，優美流動的音韻，更使此詩如明珠一顆，在中國詩歌史上熠熠生輝。

雜　詩

〔唐〕無名氏

青天無雲月如燭①，露泣梨花白如玉②。
子規一夜啼到明③，美人獨在空房宿。

注釋

①月如燭：月光如燭光般明亮。《文選‧蘇武詩》：「燭燭晨
明月，馥馥秋蘭芳。」
②露泣：即泣露，露珠如同淚珠。
③子規：杜鵑鳥的別稱。春暮即鳴，夜啼達旦，哀切的鳴聲
如像說「不如歸去」。李白〈蜀道難〉：「又聞子規啼夜月，
愁空山。」

譯文

青天沒有浮雲月光好像明燭，梨花潔白如玉哭泣的是夜
露。杜鵑鳥從夜晚啼叫到天明，美人啊形單影隻空房獨宿。

點評

〈雜詩〉大約是晚唐時的作品，因作者姓氏無考或題目闕
失，故稱之為「雜詩」，《全唐詩》共錄存十九首，此為其中之
一。前三句純為寫景，首句點明月夜，背景闊大，次句寫梨花
泣露，意在象徵，第三句寫杜鵑啼鳴，這種原型意象引人聯想，
如此景中有情的鋪墊之後，逼出全詩主旨所在的結句，水到渠
成。

三、離情

雜　詩

〔唐〕無名氏

不洗殘妝凭繡床①，也同女伴繡鴛鴦②。
回針刺到雙飛處，憶著征夫淚數行。

注釋

①凭：依靠，靠著。繡床：供刺繡工作用的几案。

②鴛鴦：鳥名。雌雄偶居不離，古稱「匹鳥」，後用以喻夫
婦。此處指刺繡的圖案。

譯文

殘妝未洗依靠著繡床，也曾同女伴刺繡鴛鴦。針兒刺到雙
宿雙飛處，憶念征人不禁淚成行。

點評

此詩寫閨婦對征夫的思念，主題已經屢見不鮮，許多作品
也作過各不相同的藝術表現，如果想不落前人窠臼，就必須另
闢蹊徑，獨出機杼。無名的作者集中描繪閨婦刺繡的動作與神
態，從這一獨特的視角切入，深刻地展示了她的內心世界，並

讓讀者獲得新穎的感受，從而避免陷入毫無新意的重複的泥沼。

雜　詩

〔唐〕無名氏

眼想心思夢裡驚①，無人知我此時情。
不如池上鴛鴦鳥②，雙宿雙飛過一生。

注釋

①心思：此處不作名詞，爲心中思念之意，與前之「眼想」相對成文。
②池上：池塘的水波之上。

譯文

白天懷想思念夜晚夢魂恐驚，沒有人能知道我這時的心情。還不如池塘水波上的鴛鴦鳥，雙宿雙飛永不離分度過一生。

點評

前一首雜詩和此詩的女主人公都與鴛鴦有不解之緣，前詩是寫思婦刺繡鴛鴦時懷念征夫，此詩則表示人不如鴛鴦，角度不同，由物而及人卻並無二致。前詩寫到「憶著征夫淚數行」即戛然而止，憶念的內容讓讀者去想像；此詩後兩句雖直抒胸臆，但前兩句卻頗為含蓄，思婦所「想」所「驚」並未道破，同樣要使讀者去進行藝術的再創造。

雜　詩

〔唐〕無名氏

一去遼陽繫夢魂①，忽傳征騎到中門。

紗窗不肯施紅粉，圖遣蕭郎問淚痕②。

注釋

①遼陽：地名。契丹天顯十三年（公元938年）置府，治所在遼陽，轄境相當今遼陽市附近地區。以後屢經變遷，此處泛指北方地區。

②蕭郎：本爲王儉對蕭衍的稱謂。見《梁書・武帝紀上》，後
　　泛指女子所愛戀的男子。崔郊〈贈去婢詩〉：「侯門一入深
　　如海，從此蕭郎是路人。」

譯文

　　自從他去到遼陽我就魂牽夢縈，沒料想忽然傳報良人已到
中門。癡坐在綠紗窗下我不願去施紅撲粉，爲的是讓他慰問我
臉上緣何有斑斑淚痕。

點評

　　良人遠去北地征戰，在家的妻子日思夜念，常常以淚洗面，
現在突然聽説良人已到中門，更是喜極而泣，此詩選取提煉的
正是這一特定的頃刻，避開兩人相見那一高潮與頂點，展示女
主人公驚喜交集而又不無怨艾的複雜心理。德國十八世紀著名
文藝批評家萊辛，在〈拉奧孔〉中提出「不宜選取情節發展中
的頂點」，而要讓讀者有所期待，這首詩正是如此。

雜　　詩

〔唐〕無名氏

數日相隨兩不忘①，郎心如妾妾如郎。
出門便是東西路②，把取紅箋各斷腸③。

注釋

①相隨：跟隨，伴隨，形容形影不離。
②東西路：往東往西方向相反的路，寫雙方離別，各自東西。
③把取：手持，拿著。紅箋，「箋」爲精美的紙張，供題詩、
　寫信之用，此處指紅色的紙箋，其上可能有主人公的題字
　或贈言。

譯文

好幾天形影不離兩不相忘，你的心像我我的心也像郎。出
得門來分手便是東西路，手持題字的信箋各自斷腸。

點評

陸機在〈文賦〉中說：「觀古今於須臾，撫四海於一瞬。」
這種「須臾」和「一瞬」，可以稱之爲「典型瞬間」，即以不全
求全，從有限中見無限。此詩寫一對有情人臨歧分手，既沒有
去敍寫他們以前的種種，也沒有去補說他們以後又當如何，只
是集中抒寫分別時各自黯然腸斷的情態，和那一特定的富於包
孕的瞬間，留給讀者的是思之不盡的餘地。

閨　情

〔唐〕敦煌唐詩

千回萬轉夢難成①，萬遍千回夢裡驚。
總爲相思愁不寐②，縱然愁寐忽天明。

注釋

①千回萬轉：形容道路或流水的曲折，此處指輾轉反側，夜
不能眠。
②寐：睡眠，入睡。《詩經·邶風·柏舟》：「耿耿不寐，如
有隱憂。」

譯文

千萬次翻來覆去好夢總難成，千萬回覆去翻來惡夢令人
驚。爲只爲兩地相思心憂難入睡，縱然是愁中入睡忽忽已天明。

點評

此詩選自《全唐詩外編》（上）的「敦煌唐人詩集殘卷」。作
者已無可查考，只知是漢族人，吐蕃攻佔敦煌，他被俘後寫了
一些作品，這首詩便是其中之一。此詩寫愁人不寐，兩地相思，
語言多用重字，句式強調反覆，在回環往復的詠唱中，不僅動

人地抒發了那愁腸百結的感情，也加強了詩的音韻之美。

閨　情

〔唐〕敦煌唐詩

百度看星月①，千迴望五更②。
自知無夜分③，乞願早天明④。

注釋

①度：次，回。王勃〈滕王閣序〉：「物換星移幾度秋。」

②迴：「回」的繁體字，次、遍之意。

③無夜分：意為沒有享受夜色而飽睡眠的福分，「分」讀去
聲。

④乞願：乞求盼望。

譯文

　　上百次察看星月的位置，上千回盼望五更的黎明。我沒有
享受夜色的福分，只祈求那曙光早些來臨。

千葉紅芙蓉

點評

　　這首陷蕃詩人的作品，既可理解爲寫自己，也可理解爲寫遠方的閨中的思婦，兩解均可通。首二句是現代修辭學中所說的「互文」，即「百度千迴望星月，百度千迴望五更」，長夜不寐，於此可見。第三句轉折之後，結句別開一境。全詩沒有一字言愁說恨，讀來只覺愁恨滿紙。含蓄蘊藉，言短意長。

晚　秋

〔唐〕敦煌唐詩

日月千回數①，君名萬遍呼！
睡時應入夢，知我斷腸無②？

注釋

①數：點數，計算。《後漢書・禰衡傳》：「餘子碌碌，莫足數。」

②斷腸：此處是形容悲痛到極點。蔡琰〈胡笳十八拍〉：「空斷腸兮思愔愔。」

譯文

日升月落我千回點算，你的名字我萬遍呼喊！夜深時你應入我夢中，知不知道我肝腸寸斷？

點評

這仍然是那位吐蕃所俘虜的無名氏的作品，穿過一千二百年的時間的風沙，我們仍然可以如在耳邊地聽到他悲愴的呼聲！「君名萬遍呼」，這是真實的情境寫照，也是動人的藝術表現。詩人紀弦有名篇為〈你的名字〉，「用了世界上最輕最輕的聲音，輕輕地喚你的名字每夜每夜」，全詩圍繞「名字」結撰成章。法國現代詩人艾呂雅的〈自由〉，「我寫你的名字」一語重複二十一次之多，可以與上述詩篇互參。

晚　秋

〔唐〕敦煌唐詩

白日歡情少，黃昏愁轉多①。
不知君意裡，還解憶人麼②？

千葉紅芙蓉

注釋

①轉：轉換，變化。

②解：知道，懂得。王仁裕《開元天寶遺事·解語花》記載，唐明皇稱楊貴妃爲「解語花」。

譯文

白天歡樂的感情已經很少，待到黃昏時分憂愁就更多。我不明白遠方的你的心裡，還知道憶念我這落難人麼？

點評

白天已了無生趣，何況是撩人愁思的黃昏？「少」與「多」、「歡情」與「愁」構成鮮明的對照。更動人的是後兩句的「從對面寫來」的表現方式，即不正面寫自己如何憶念家人，而從對面寫家人會不會憶念我，如此更覺婉轉情深。這種寫法，在唐宋詩詞中屢見精彩的表現，如唐詩人王維的〈九月九日憶山東兄弟〉的「遙知兄弟登高處，遍插茱萸少一人」，即是出色的一例。

思佳人率然成詠

〔唐〕敦煌唐詩

臨封尺素黯銷魂①，淚流盈紙可悲吞。
白書莫怪有斑污，總是潸然爲染痕②！

注釋

①尺素：古代用絹帛書寫，通常長一尺，故謂爲文所用短箋
爲「尺素」，亦用以稱書信。古樂府〈飲馬長城窟行〉：「客
從遠方來，遺我雙鯉魚。呼童剖鯉魚，中有尺素書。」
②潸然：流淚之貌。《詩經・小雅・大東》：「潸焉出涕。」

譯文

臨到將書信封口更加黯然銷魂，熱淚橫流傾滿信紙我飲泣
吞聲。莫怪潔白的紙箋上怎會有污迹，都爲我淒然淚下沾染的
淚痕。

點評

南朝梁代的江淹有名篇〈別賦〉，開篇就説：「黯然銷魂
者，唯別而已矣！」離別已令人黯然魂消，何況是相見無期的
久別？圍繞書信落筆寫相思之情是此詩的特點，詩人向明也寫

到「家書」：「好耐讀的一封家書呀／不著一字／摺起來不過盈尺／一接就把一顆浮起的心沈了下去，一接就把四十年睽違的歲月捧住。」(〈湘繡被面〉)，可以古今互參。

思佳人率然成詠

〔唐〕敦煌唐詩

歎嗟玉貌謫孤州①，思想紅顏意不休②。
著人遙憶情多少③？淚滴封書紙上流！

注釋

①玉貌：形容年輕美麗，此處爲作者自指年輕。謫：貶謫，古代官吏因罪而被降職或流放。

②思想：此處爲想念之意。紅顏：年輕人的紅潤臉色，引申指美女。此處爲戀人或妻子。

③著人：即「着人」，讓人、使人之意。

譯文

悲嘆自己年紀輕輕就流放到僻遠孤州，日思夜想故鄉的紅

顏佳人此意不能休。在邊荒之地讓人遙相憶念癡情有多少？熱淚掉落在這封書信之上不斷地滾流！

點評

〈思佳人率然成詠〉共有七首。此詩和上一首相同之處就是落筆於「信」與「淚」，然而角度卻略有不同，前一首寫臨封，這一首寫封後。古代交通不便，沒有電話、電報與電傳的現代手段，只有託曠時費日的書信傳情。如果一時連紙筆皆無，那就只有如岑參〈逢入京使〉所唱：「故園東望路漫漫，雙袖龍鍾淚不乾。馬上相逢無紙筆，憑君傳語報平安。」

奉　答

〔唐〕敦煌唐詩

縱使千金與萬金①，不如人意與人心。
欲知賤妾相思處②，碧海清江解没深③！

注釋

①縱使：縱然有，即使是。

千葉紅芙蓉

②妾：古代女子的自稱。

③解：明白，知道。如謂通達言語或文詞意趣的人為「解
　人」。

譯文

　　縱然有價值連城的千萬兩黃金，它的貴重哪裡比得上人意
人心。想知道我的相思深到什麼程度，你會明白碧海清江沒有
它深沈！

點評

　　在總題為「思佳人率然成詠」的七首詩作之後，接著就是
以女子身分寫的〈奉答〉二首。以男女唱和的方式成詩，在中
國古典詩史上並不多見。此詩先以千金萬金與人意人心作比，
後以碧海清江與賤妾相思對照，前以見貴重，後以見深沈。如
同法國作家左拉在《娜娜》中所說：「金錢算什麼！如果我對
一個男人一見鍾情的話，我情願為他而死。」

奉　答

〔唐〕敦煌唐詩

紅粧夜夜不曾乾①，衣帶朝朝漸覺寬。

　　形容祇今銷瘦盡②，君來莫作去時看③！

注釋

①紅粧：即紅妝。指女子盛妝，如〈木蘭詩〉：「阿姊聞妹來，
　當戶理紅妝。」也指美女，蘇軾〈海棠〉：「只恐夜深花睡
　去，更燒高燭照紅妝。」以美女比花。

②形容：指人的形體容顏。《楚辭・漁父》：「顏色憔悴，形
　容枯槁。」

③看：見到，看見。讀平聲。

譯文

　　臉上的淚痕沒有一夜曾乾，衣帶一天一天地漸漸鬆寬。形
體容顏今天已十分消瘦，你歸來不要作分別時相看。

點評

　　前兩句爲對偶句，而且兩句中各用疊詞，以形寫神，表現
思婦相思的深沈和苦痛。第三句承上啓下並作轉折，結句爲對
方著想，實際上是更深層次表現自己的哀怨。全詩情深意摯，
哀切動人，「衣帶朝朝漸覺寬」之句，遙啓北宋詞人柳永〈蝶戀
花〉結句「衣帶漸寬終不悔，爲伊消得人憔悴」的靈感。

鳳歸雲

〔唐〕敦煌曲子詞

征夫數載，萍寄他邦。去便無消息，累換星霜①。月下愁聽砧杵起②，擬塞雁行③。孤眠鸞帳裡，枉勞魂夢，夜夜飛揚。　想君薄行，更不思量。誰爲傳書與，表妾衷腸？倚牖無言垂血淚④，暗祝三光⑤。萬般無那處，一爐香盡，又更添香。

注釋

①星霜：星辰運轉，一年循環一次；霜則每年至秋始降，以指年歲。此處是說時序更替。
②砧杵：搗衣之具。砧爲墊石，杵爲棒槌。
③擬：度，過。
④牖：窗戶。
⑤三光：指日、月、星。

譯文

好幾年時間過去，征夫如浮萍寄身異域他鄉。一去便沒有消息，多少回春來秋往。月光下愁聽搗衣之聲，南飛的塞雁列

隊成行。一個人孤單地夜眠鸞帳，空勞魂夢夜夜飛向遠方。我本不想再懷念，夫君恐是薄情郎。有誰來替我捎封信去，讓我傾訴衷腸？倚窗無語流血淚，我只有默祝日月星三光。千種憂愁萬般無奈，一爐香盡再添香。

點評

我國現存最早的唐代民間詞集，就是1900年在甘肅敦煌莫高窟藏經石室中發現的《雲謠集雜曲子》，共收詞三十首，此詞即其中之一。它刻劃了一個溫良敦厚而其情堅如磐石的婦女形象，心理描寫相當細膩感人，內心的歷程頗爲複雜曲折。詞風明白如話，卻又韻味深長。

柳青娘

〔唐〕敦煌曲子詞

青絲髻綰臉邊芳，淡紅衫子掩酥胸。出門斜捻同心弄①，意恛惶②，故使橫波認玉郎③。　叵耐不知何處去④，教人幾度掛羅裳。待得歸來須共語，情轉傷，斷卻妝

樓伴小娘⑤。

注釋

①斜捻同心弄：斜伸著手共同撫弄同心結或同心帶。

②恛惶：同「徊徨」，即徘徊，彷徨。

③橫波：形容眼神流動，李白〈長相思〉：「昔時橫波目，今
　作流淚泉。」玉郎：舊時女子對丈夫或情人的愛稱。

④叵耐：亦作「叵奈」。可恨，不可耐之意。唐無名氏〈鵲踏
　枝〉：「叵耐靈鵲多謾語，送喜何曾有憑據。」

⑤小娘：少女或年輕的婦女。

譯文

用髻綰住黑髮臉上胭脂芬芳，淡紅色衣衫遮住如雪的胸
膛。出門時兩人斜手撫弄同心結，我的心意彷徨，故意秋水橫
波向情郎。可恨的是他不知何處去，教人好幾回收起羅裳。等
到他歸來共敘離別，情思轉覺悲傷，他不再到妝樓陪伴小娘。

點評

這首詞，是一位思婦的心靈的自白。在上片裡，她追憶的
是離別時難捨難分的情景，而下片則是寫自己的相思和怨情，
以及對情人歸來的想像。這首詞刻劃了一位思婦兼怨婦的形
象，也從側面反映了封建時代女子對男子的依附關係。全詞純
用白描，直抒胸臆，人物形象躍然如見。

送征衣

〔唐〕敦煌曲子詞

今世共你如魚水，是前世因緣，兩情准擬過千年。轉轉計較難①，敎汝獨自孤眠②。　每見庭前雙飛燕，他家好自然③。夢魂往往到君邊。心專石也穿，愁甚不團圓。

注釋

①轉轉：輾轉，翻來覆去。

②汝：你。

③自然：此處爲自由自在之意。

譯文

　　今生你我如魚得水，這是前世結下的因緣。兩情和諧相約白頭偕老到千年。反覆思量一籌莫展，你在外征戰獨臥獨眠。每當見到庭前雙宿雙飛的燕子，羨慕它們自由自在舞蹁躚。我的夢魂常常飛到你的身邊。精誠所至石可穿；愁什麼不團圓！

點評

　　唐代有所謂邊塞詩，此詞大約可以算是邊塞詞，即表現征人思婦的生活與感情的詞章。上片寫他們你恩我愛，琴瑟和諧，下片表思婦空勞魂夢，憧憬未來。全詞以女主人公内心直白的方式道出，樸素自然，如清水出芙蓉，天然去雕飾。結尾強烈的生命意識與樂觀情調，在同類詞中不可多見。

石　州

〔唐〕無名氏

　　自從君去遠巡邊①，終日羅幃獨自眠。看花情轉切②，攬涕淚如泉③。一自離君後，啼多雙眼穿。何時狂虜滅④？免得更流連。

注釋

①巡邊：巡視邊防。此處意爲遠去邊地征戰。
②情轉切：情意更轉深切、淒切。意爲對景傷情。

③攬涕：「攬」為總持、撮取之意；「涕」為眼淚。此處意
　為強忍眼淚。

④虜：舊時對敵方或邊地少數民族的蔑稱。

譯文

　　自從夫君遠去邊地征戰，羅帳裡我終日獨自成眠。看花開
心情轉覺淒切，強忍淚反倒淚湧如泉。打從離開你的身邊後，
以淚洗面兩眼也望穿。什麼時候敵人被消滅？免得在外鄉更久
流連。

點評

　　這首無名氏的詞作，寫的是閨中思婦懷夫念遠的題材。題
材是傳統的，主題也屢見不鮮，在藝術表現方面，全詞以思婦
的第一人稱的口吻道出，明白如話，但在同類題材與主題的作
品中，藝術的創造性並不引人注目。然而「看花情轉切，攬涕
淚如泉」可稱佳句，它對仗工整，意有轉折，有深度地表現了
人物的心理。

甘　州

〔唐〕無名氏

欲使傳消息，空書意不任①。
明月鏡②，偏照故人心③。

注釋

①空書：「書」爲書信，「空書」意爲一紙空泛的書信。不任：
　不能勝任。
②明月鏡：鏡的美稱。意謂光明如月，暗寓盼望團圓之情。
③偏：猶「遍」。故人：謂交情頗深的摯友，此處指情人或夫
　妻。

譯文

　　想差遣它傳遞別恨離情，一紙空信怎麼能夠勝任。還是寄
你一方明月之鏡，透明可鑒遍照你的心神。

點評

　　唐代張九齡〈自君之出矣〉説：「自君之出矣，不復理殘
機。思君如滿月，夜夜減清輝。」他是以明月比思婦。此詞則
以女主人公的口吻説，要寄「君」明月鏡，明月鏡既象徵自己

三、離情

285

光明如月，遠照離人，也暗寓渴望團圓之意，同時也可以照鑒君心是否始終如一，一鏡而三意，可謂單純而豐富。

九張機 (之七)

〔宋〕無名氏

七張機，鴛鴦織就又遲疑①。只恐被人輕裁剪②，分飛兩處，一場離恨，何計再相隨③？

注釋

①鴛鴦織就：織成鴛鴦戲水的圖案。

②輕裁剪：輕易地裁剪分開，寓情侶被無端地拆開之意。

③何計：什麼辦法。

譯文

七張機，織成鴛鴦圖案又遲疑。只怕被別人輕易裁剪，兩地分飛，一場別恨，有什麼辦法再雙宿雙棲？

點評

〈九張機〉，按現代詩的語彙可以稱之爲「組詩」，它由九首具有濃郁民歌風味的抒情小詞組成，刻劃了一位詠唱愛情的少女的形象。這裡選賞的是第七首。以鴛鴦比喻情愛並不新鮮，但此詞通篇全用比體，而不僅僅是局部或個別意象以比喻出之。「比喻之作用大矣哉！」兩千多年前希臘的亞理斯多德在《修辭學》中對比喻的讚美，在這首東方的詞作中也可以得到印證。

浣溪沙　瓜陂鋪題壁

〔宋〕無名氏

剪碎香羅浥淚痕①，鷓鴣聲斷不堪聞②，
馬嘶人去近黃昏。　整整斜斜楊柳陌③，
疏疏密密杏花村，一番風月更消魂。

注釋

①香羅：香羅帕，常是男女定情時饋贈的信物。浥：濕潤，

三、離情

沾濕。此處意為揩拭。

②鷓鴣：鳥名，其鳴聲如「行不得也哥哥」。

③陌：田間的小路。

譯文

剪碎香羅手帕揩拭淚痕，鷓鴣聲斷續不堪聽聞，馬蕭蕭人去遠時近黃昏。楊柳整整斜斜的田間道路，杏花疏疏密密的鄉野小村，一番清風明月更使離人消魂。

點評

這首詞原用篦刀刻於蔡州（今河南汝南）瓜陂鋪的青泥壁上，宋人吳曾收在他的《能改齋漫錄》之中。上片寫別離，下片寫憶念。清人王夫之在《姜齋詩話》中說「以樂景寫哀，以哀景寫樂」，可以「一倍增其哀樂」，此詞下片就是以樂景寫哀傷。宋人黃庭堅〈詠雪〉詩有句云：「夜聽疏疏還密密，曉看整整復斜斜。」他和無名作者之間誰影響誰呢？

眉峰碧

〔宋〕無名氏

蹙破眉峰碧①，纖手還重執。鎮日相看未
足時，忍便使鴛鴦隻！　薄暮投村驛②，
風雨愁通夕③。窗外芭蕉窗裡人，分明葉
上心頭滴。

注釋

①蹙：皺，收縮。《詩經·大雅·召旻》：「今也日蹙國百里。」
②村驛：村莊的驛店、旅舍。
③通夕：通晚，從夜晚到天明。

譯文

　　緊皺著妳彎彎的柳眉，妳的纖手我再三輕握。妳我相看尚
沒有滿足之時，怎忍心使鴛鴦分別於愛河。黃昏時投宿村莊旅
店，愁人的風雨徹夜嘶吼。窗外是芭蕉窗裡是不眠的離人，那
雨珠落在葉上分明也滴在心頭。

點評

　　相傳北宋詞人柳永少年時，將此詞書於壁上反覆吟味，他
以後的〈雨霖鈴〉詞中的「執手相看淚眼，竟無語凝咽」，源出
於此。芭蕉夜雨的情境，可以和溫庭筠〈更漏子〉的「一葉葉，
一聲聲，空階滴到明」以及李清照〈聲聲慢〉的「梧桐更兼細
雨，到黃昏點點滴滴」互參。此詞結句之構圖，可能還受到司
空曙「雨中黃葉樹，燈下白頭人」的影響吧？

眼兒媚

〔宋〕無名氏

　　蕭蕭江上荻花秋①，做弄許多愁。半竿落
日，兩行新雁，一葉扁舟。　惜分長怕君
先去②，直待醉時休③。今宵眼底，明朝
心上，後日眉頭。

注釋

①荻花：「荻」爲植物，多年生草本。秋季抽生黃色扇形圓
　錐花序，稱荻花。

②惜分長：害怕長久地分別。

③「直待」句：只有一醉才能暫時忘卻心中的思念與煩憂。
　休：休止，停止。

譯文

　　江邊蕭蕭荻花已是金秋，荻花蕭蕭做弄許多憂愁。分別時
落日只餘半竿，天空中兩行南飛新雁，水湄邊泊一葉孤舟。擔
心久別害怕你先離我而去，這種離愁別恨只能一醉方休。今晚

奔來眼前，明天壓在心上，後日聚集眉頭。

點評

　　這首表現離愁別緒的詩，空間是蕭蕭江上，時間是日落時分，場景是有情人的長別離。「半竿」、「兩行」、「一葉」的數量詞的運用，可以和蘇軾〈水龍吟〉的「春色三分，二分塵土，一分流水」比美，而「今宵眼底，明朝心上，後日眉頭」三句，雖是從范仲淹〈御街行〉的「都來此事，眉間心上，無計相迴避」以及李清照〈一剪梅〉的「才下眉頭，卻上心頭」脫胎，卻有出藍之美。

青玉案

〔宋〕無名氏

年年社日停針線①，怎忍見，雙飛燕。今
日江城春已半，一身猶在，亂山深處，寂
寞溪橋畔。　春衫著破誰針線②？點點行
行淚痕滿。落日解鞍芳草岸③。花無人
戴，酒無人勸，醉也無人管。

注釋

①社日：古代春秋兩次祭祀土神的日子，多在立春、立秋後第五個戊日。到處迎神賽會，婦女停做針線，結伴閒遊。

②著：「着」的本字。著破：意爲穿破。

③解鞍：解除、摘下馬鞍。

譯文

年年社日結伴出遊停止針線，遊子在外怎麼忍見雙飛之燕。今天的江城春天已過了一半，我孤身還飄泊在亂山叢中，寂寞的溪水小橋之畔。春衫穿破了誰來縫綴？點點行行被淚痕沾滿。日落時分解鞍在芳草岸邊。沒有人給戴花，沒有人給勸酒，醉了也沒人管。

點評

這是一首流寓他鄉的遊子思念閨中人的詞章。以景寫情，是詩家詞家的習用手法，此詞亦復如是，但此詞細針密線，在結構上頗見藝術匠心，上片與下片的起句同中有異而前後照應，一絲不走。結句意分三層，婉轉層遞，前人認爲與宋代詞人晁補之〈憶少年〉起句「無窮官柳，無情畫舸，無根行客」異曲同工，信然！

一剪梅

〔宋〕無名氏

漠漠春陰酒半酣。風透春衫，雨透春衫。人家蠶事欲眠三①。桑滿筐籃，柘滿筐籃②。　先自離懷百不堪。檐燕呢喃，樑燕呢喃。篝燈強把錦書看③。人在江南，心在江南。

注釋

①欲眠三：指春蠶已快三眠。

②柘：音「這」。植物名，亦名黃桑，灌木至小喬木，葉可餵蠶。

③篝燈：用竹籠罩著燈光，即點燃燈籠。此處意為點燈。錦書：用前秦蘇蕙織錦為「回文旋璣圖」詩寄丈夫的典故，指妻子寄夫的書信。李白〈久別離〉：「況有錦字書，開緘使人嗟。」

譯文

春陰漠漠酒至半酣。風兒吹透春衫，雨兒濕透春衫。農家的蠶眠次數快到三。桑葉滿筐籃，柘葉滿筐籃。先是離愁處處

使人不堪。桅杆燕子呢喃，屋樑燕子呢喃。抑愁情挑燈來把家書看。人兒在江南，心兒在江南。

點評

此詞寫飄泊他鄉的作者對妻子的懷念。上片寫江南春日風光，這是大的時空背景，也是回憶中的虛景與樂景，和下片所寫的離情構成鮮明的對照。詞中三次使用復唱的句式，加強了全詞的音樂美，突出了主題，也使得感情的抒發更顯得一唱三嘆，盪氣迴腸。讀者反覆吟誦，當心醉而神馳。

訴衷情

〔宋〕無名氏

碧天明月晃金波①，清淺滯星河②。深深院宇人靜，獨自問姮娥③。　圓夜少，缺時多，事因何？嫦娥莫是，也有別離，一似人麼？

注釋

①晃金波：月光如晃動的金波。

②滯星河：銀河清淺如同凝滯不流。

③姮娥：即嫦娥，月中女神。《淮南子·覽冥訓》：「羿請不死之藥於西王母，姮娥竊以奔月。」

譯文

碧藍的天上月亮晃動金波，凝滯不流的是清淺的銀河。院落深深夜闌人靜，獨自向天問嫦娥。月圓夜很少，月缺時候多，如此事爲何？嫦娥嫦娥妳莫不是，也有離愁和別恨，就像人間一樣麼？

點評

蘇軾〈水調歌頭〉中說：「人有悲歡離合，月有陰晴圓缺，此事古難全。」然而，此詞的抒情女主人公卻忽發奇想，竟然天真而癡情地詢問起天上月宮中的嫦娥來。這種詢問的方式本身已然富於想像力，而詢問的內容也引人聯想，一問圓少缺多的原因，二問仙界神仙是否也和人間凡人一樣有同樣的感情體驗。眞是一片活色生香，一派天機雲錦。

市橋柳 送行

〔宋〕蜀中妓

欲寄意、渾無所有，折盡市橋官柳①。看
君著上征衫，又相將放船楚江口②。　後
會不知何日又。是男兒，休要鎮長相守
③。苟富貴、無相忘④。若相忘，有如此
酒。

注釋

①市橋官柳：水邊官道上的柳樹柳枝。

②相將：相與，相隨。楚江：泛指楚地的水。說明情人由水
　路東行，最後去臨安（今之浙江省杭州市，昔爲南宋偏安時的都
　城）。

③鎮：長也。鎮長：重言聯用。

④「苟富貴」句：用《史記·陳涉世家》原句，陳涉微時以
　此語和佣耕朋友相約富貴不相忘。

譯文

　　想要寄托心意又一無所有，只得折盡官道水邊的楊柳。看
你整理好遠行的裝束，又相隨送你放船楚江津渡。後會難期不

知在何日，是男兒休要長相廝守。如果你得到富貴，不要將我拋置腦後。如果忘記了我，就有如這杯酒。

點評

宋代周密《齊東野語》收錄此詞時本無詞牌名，「市橋柳」係摘用首句。南宋時這位蜀地的妓女送別情人，寫下了送行之詞，上片狀離別的情景，下片抒臨別贈言。全詞意多轉折，曲折盡情，婉曲而堅定，質樸而決絕。清人陳廷焯《詞則‧別調集》中說此詞「運筆輕雋，用成語有彈丸脫手之妙」，信有之矣！

塞鴻秋

〔元〕無名氏

愛他時似愛初生月，喜他時似喜梅梢月，想他時道幾首西江月①，盼他時似盼辰鉤月②。當初意兒別③，今日相拋撇④，要相逢似水底撈明月！

注釋

①西江月：詞牌之名。

②辰鈎：很難見到的星星之名。元曲中常以之表示盼望佳期。《西廂記》第三本第二折：「似這等辰鈎，常把佳期盼。」

③意兒別：感情十分、特別的好。

④抛撇：抛棄，丟開。

譯文

　　愛他啊像愛初生的月亮，喜他啊像喜梅梢月上，想他啊把幾首西江月來唱，盼他啊像盼難見的辰鈎月光。想當初山盟海誓，看今日丟到一旁，要再見到他啊如同水底撈月亮！

點評

　　這首小曲的意象組合方式可以稱爲「輻輳式」，如車輪上的輻條都向車轂集中，它以「月」爲中心意象結撰成章，「初生月」、「梅梢月」、「西江月」、「辰鈎月」、「明月」等等，都是朝向「月」這一主意象的分意象，而「愛」、「喜」、「想」、「盼」、「要相逢」則加強了抒情色彩。漢樂府中的「江南」以「蓮葉」作爲意象構思的中心，魚戲於蓮葉的東西南北四個方位，也是「輻輳式」意象組合的範例。

四換頭 相思

〔元〕無名氏

兩葉眉頭，怎鎖相思萬種愁？從他別後，
無心挑繡。這般證候①，天知道和天瘦②。

注釋

①證候：同「症候」，病症。散曲中特指由相思而得的病。
②和天瘦：連天也消瘦。化用李賀〈金銅仙人辭漢歌〉之「天
若有情天亦老」句意。

譯文

　　兩道彎彎的柳葉眉頭，怎能鎖萬種相思的憂愁？從他別我
而去之後，再也沒有心思挿花刺繡。這樣的相思病症啊，如果
天知道了連天也會消瘦。

點評

　　「鎖」是具象動詞，「愁」是抽象的不具形的情感，它們組
合在一起，加之以「兩葉眉頭」的意象，就獲得了生動而空靈
的詩意。「鎖」字是煉動詞，讀者當會聯想到南唐李後主〈烏夜
啼〉的「寂寞梧桐深院鎖清秋」之句。「天知道和天瘦」，也是

化用李賀「天若有情天亦老」詩句，癡情的聯想推己及天，把抒情主人公別後相思之情表現得惻惻動人。

上小樓 <small>杜鵑</small>

〔元〕無名氏

堪恨無情杜宇①，你怎麼傷人心緒：啼
的花殘，叫的愁來，喚將春去。索甚不把
離人叮嚀囑咐②，我也道在天涯不如歸
去。

注釋

①杜宇：即杜鵑鳥，相傳爲蜀國望帝魂魄所化，啼聲淒苦乃
至出血。其聲像「不如歸去」。

②索甚：即「得甚」，爲何、爲什麼之意。

譯文

可恨那無情的杜宇，你怎麼觸傷人的心緒：啼聲使花謝花
殘，叫聲令憂至愁來，啼叫聲喚得大好春光回去。你爲什麼不

對那遠行人叮嚀囑咐，我也曾說過人在天涯不如歸去。

點評

　　杜鵑在中國古典詩文中也是一個「原型意象」。它的鳴聲好像「不如歸去」，所以它很早就飛進了中國古代的詩文之中，作家與詩人藉此表現遊子思歸或盼遊子思歸的主題。這首小曲也是這樣，作者移情於物，把杜鵑完全擬人化了，從而角度新穎地表現了抒情主人公對天涯遊子的深切思念之情。

〔大石調〕**初生月兒**

〔元〕無名氏

　　初生月兒一半彎，那一半團圓直恁難①。雕鞍去後何日還？捱更闌②，淹淚眼，虛簷外憑損闌干③。

注釋

①直恁：竟然這樣。袁去華〈金蕉葉〉詞：「舊日輕憐痛惜，卻如今，怨深恨極。不覺長吁嘆息，便直恁下得。」

②捱更闌：一夜分爲五更，「闌」爲殘、盡之意，如夜闌人靜。
此句意爲捱到夜深更盡。

③凭損：「凭」爲倚著、倚靠，「損」爲損傷、損壞。「凭損」
意爲靠壞、倚壞。

譯文

初生的蛾眉月一半彎彎，那一半團圓竟然這樣難。夫君征
騎去後何日回還？捱到夜深更盡，眼中淚如泉湧，屋檐下久久
佇望倚壞欄杆。

點評

在這首小曲裡，初生的月兒既是起興，也是比喻。在中國
古典詩歌中，月亮是從《詩經》的〈月出〉篇中升起來的，「月
出皎兮，佼人僚兮。舒窈糾兮，勞心悄兮」，它最早的清輝就和
情愛結下了不解之緣。這首小曲以月之一半象徵夫妻分離，以
月之團圓象徵夫妻團聚，想落天外，意在人間，構思新穎而情
味深永。

〔大石調〕初生月兒

〔元〕無名氏

初生月兒一似弓,夢裡相逢恩愛同①,覺
來時錦被一半空②。去無蹤,難再逢,窗
兒外燭影搖紅③。

注釋

①恩愛同:「同恩愛」的倒裝。
②覺來:醒來。
③燭影搖紅:燭光於窗上形成紅色光影,光影晃動搖曳。

譯文

　　初生的月兒像一張彎弓,夢中一同恩愛和你相逢。醒來後
錦被裡一半空空。去後沒蹤影,今生難再逢,只見窗兒上燭光
晃動在搖紅。

點評

　　前一首〈初生月兒〉寫思婦懷人,夜深不寐,這一首主題
相同,題材類似,但「時間」的選取卻略有不同,是寫思婦夢
醒之後。一場春夢,水月鏡花,思婦想到伊人已渺,今世難逢,

不由癡望著搖紅的燭影久久出神。這種以景結情的筆墨，概括了豐富的心理活動的內容，和前一首結句的以動作表內心有異曲同工之妙，但情韻更為雋永。

吳　歌

〔明〕民　歌

送郎八月到揚州①，長夜孤眠在畫樓。
女子拆開不成好②，秋心合著卻成愁③。

注釋

①揚州：今江蘇省揚州市。明代為繁華的商業都會。

②「女子」句：「好」由「女」字和「子」字構成，拆開即不成「好」，寓男女分離不好之意。

③「秋心」句：「愁」由「秋」字和「心」字合成，句意謂清秋撩人愁思。

譯文

桂子飄香的八月送郎去揚州，剩下我一人長夜獨眠在畫

樓。女子兩字拆開就不成爲好，秋心兩字合起來就成了愁。

點評

　　宋代詞人柳永〈雨霖鈴〉中說：「多情自古傷離別，更那堪冷落清秋節。」清秋送別情人，自然倍加傷感，這首民歌的新穎之處，就是運用「析字」的修辭手法，表現抒情女主人公的離情。第三句憂憂獨造，第四句雖源於宋詞人吳文英〈唐多令〉中的「何處合成愁？離人心上秋」，但仍然是有創造地化用。

桂枝兒

〔明〕民　歌

　　捎書人出得門兒驟①，趕丫環喚轉來②，我少吩咐了話頭③：你見他時，切莫說我因他瘦，現今他不好，說與他又添憂，若問起我身軀也④，只說災晦從沒有⑤。

注釋

①驟：快速，急行。

②趕：催，奔跑。

③話頭：話語，要講的事。

④也：語助詞，無實義。

⑤災晦：災難，倒楣之事。

譯文

帶信的人出門急急走，催丫頭跑去喊回來，我少交代了事由：你見到他時，切不要說我因相思而消瘦，現在他景況不好，告訴他又給他增添煩憂。如果他問起我的身體，只說什麼病痛都沒有。

點評

在中國文人的和民間的愛情詩中，以「信」爲中心的作品不少，因爲兩地相思，在古代只能以信作爲傳情表意的媒介。在眾多相似題材的作品中，這首民歌別具一格：捎信人已經走了，喊回來又再三叮嚀，處處爲對方著想。這樣，一個溫柔體貼的女子就聲發紙上，躍然如見，幾百年後還令新時代的讀者一聽傾心。

千葉紅芙蓉

桂枝兒

〔明〕民　歌

　　對妝臺忽然間打個噴嚏 ①，想是有情哥
思量我②，寄個信兒，難道他思量我剛剛
一次？「自從別了你，日日珠淚垂。似我
這等思量也，想你的噴嚏兒常如雨。」

注釋

①妝臺：梳妝臺。
②思量：思索，想念。舊時民間習俗，當遠方的親朋念叨時，
　被念叨者就產生精神感應的現象，打噴嚏或耳朵發熱。蘇
　軾：「曉來頻嚏爲何人？」康進之〈李逵負荆〉：「打噴耳
　朵熱，一定有人說。」

譯文

　　對著梳妝臺忽然打了個噴嚏，想是情哥哥在把我念思。寄
個信兒去問問他，難道想念我剛剛一次？「自從和你分別後，
天天淚水流成河。像我這樣把你思念啊，想你的噴嚏應該常常
像雨落！」

點評

　　這首民歌妙不可言。它圍繞有關民俗展開詩的構思：我只打一個噴嚏，情哥念我難道只有一次？我天天想念他，他應該噴嚏如雨吧？女主人公不僅作如此想，還眞的寫信去詢問。莎士比亞在〈仲夏夜之夢〉中說：「瘋人、情人和詩人全是由想像構成的。」這首詩中的女主人公，不也是如此嗎？

桂枝兒

〔明〕民　歌

　　送情人直送到丹陽路①，你也哭，我也哭，趕脚的也來哭②。趕脚的，你哭的因何故？道是：「去的不肯去，哭的只管哭，你兩下裡調情也③，我的驢兒受了苦！」

注釋

　　①丹陽：今江蘇省丹陽縣。

②趕脚的：趕運送行李或供人騎行的牲口的脚夫。

③調情：原指男女間之挑逗、戲謔，此處指難分難捨之狀。

譯文

送情郎一直送到丹陽路，情郎哭我也哭，連趕脚的也來哭，趕脚的你哭是什麼緣故？他說道：「走的不肯走，哭的只管哭，你們倆個難分難捨啊，直害得我的驢兒受了苦！」

點評

這首曲子的最大的特色就是幽默。幽默是一種美學現象。由於封建禮教的束縛，中國人對幽默的感受力與創造力都受到很大的禁錮，但中華民族文化中的幽默仍然源遠流長，此曲就是一例。它通過「趕脚的」對一對情人的調侃，表現了他們依依不捨的戀情，令人讀來不禁爲之莞爾。

桂枝兒

〔明〕民　歌

寄書來①，未拆封，先垂淚。想當初行相

隨，立相隨，坐臥相隨，還只恐夢魂兒和
你相拋離。誰想今日離裡②，盼望這一封
書。你就是一日中有千萬個書來也，這書
兒也當不得你！

注釋

①書：此處指信。
②離裡：彼此分離的境況之中。

譯文

你寄了信來，我沒有拆開先自落淚。想當初行、立、坐、
臥在一起，還只怕夢魂兒和你兩分飛。誰料想今日在離別的景
況裡，盼望這一封信通消息。你就是一天寄千萬封信來啊，這
信兒也當不得你自己！

點評

這首民歌在感情的抒發和表現上，可謂一波三折。首先是
久盼情人來信，及至信來，未拆讀而先自垂淚，其次是追憶往
日之相親相愛，形影不離，不料今日苦盼來書，再次是以一比
多，千萬封信也當不得情人一個來相見。一派真情，一曲天籟，
直抒性靈，沁人心脾，與文人的愛情詩詞相較，可說各有千秋。

桂枝兒

〔明〕民　歌

俏冤家從別後①，受盡了空房孤零。想得
我，我不茶飯，鬼病纏身②。要慰離愁，
除非是一封書信。猛可的音書到③，拆開
看得眞。見了這封書信也，越發想得緊④。

注釋

①俏冤家：民間俗語，對情人的似怨實愛的愛稱。
②鬼病：民間俗語，說不出病狀與病名的時好時壞的病。
③猛可的：突然，忽然。
④越發：更加。緊：屬害。

譯文

　　自從情郎你離別以後，我受盡了空房獨守的孤零。我想你
啊，茶也不喝飯也不吃，直搞得不明不白的鬼病纏上身。要安
慰我的離愁別恨，除非是你的一封書信。忽然間你的書信來到，
我急忙拆開看得認眞。但見了這封書信啊，我對你的思念卻更
加屬害深沈！

點評

　　「要慰離愁，除非是一封書信」，這是此首民歌的關鍵句，在內容上肯定了書信可慰離愁，在結構上承上啓下。然而，當情人的書信真的到來，思婦的離愁不僅未得到撫慰，反倒更加厲害。如此轉折生情，不僅使全詩有波瀾起伏，不致落於平板單調，同時，也細膩深入地表現了思婦對愛情的追求和她的內心世界。

桂枝兒

〔明〕民　歌

　　秋風清，吹不得我情人來到。秋月明，照不見我薄幸的豐標①。秋雁來，帶不至我冤家音耗。只怕秋月鎖巫峽，又怕秋水漲藍橋②。若說起一日三秋也③，不知別後有秋多少。

注釋

①薄幸：薄情，負心，洪昇《長生殿》：「從來薄幸男兒輩，多負了佳人意。」又爲舊時女子對情人的昵稱，猶云冤家。周紫芝〈渴金門〉詞：「薄幸更無書一紙。」豐標：豐姿，指情人。

②藍橋：橋名，在陝西省藍田縣東南藍溪之上。據《太平廣記》：其地有仙窟，爲唐人裴航見仙女雲英處。

③一日三秋：形容思念殷切。《詩‧王風‧采葛》：「一日不見，如三秋兮。」

譯文

秋風清爽，吹不得我情人來到。秋月光明，照不見我情哥容貌。秋雁飛來，帶不來我冤家的書信音耗。只怕秋月鎖住雲雨的巫峽，又怕秋水漲沒了歡會的藍橋。如果說起一日三秋啊，不知別後的秋有多少！

點評

此篇以「秋」爲中心意象，反之覆之地詠唱。這裡有「秋風」、「秋月」、「秋雁」，但它們分別是「不得」、「不見」、「不至」，所以抒情女主人公繼之運用兩個指男女離合的典故，從「秋月」、「秋水」的角度抒寫自己的擔憂，最後妙用「一日三秋」的成語，別出心裁地表現了對情人的無盡相思。全篇共用七個「秋」字，在藝術表現上獨具一格。

三、離情

桂枝兒

〔明〕民　歌

青天上月兒恰似將奴笑①，高不高，低不
低，正掛在柳樹梢；明不明，暗不暗，故
把奴來照。清光你休笑我②，且把自己
瞧：缺的日子多來也，團圓的日子少。

注釋

①奴：古代婦女自稱。
②清光：月光，此處指月亮。

譯文

青天上月亮好像在把我笑，它不高不低正掛在柳樹梢，它
不明不暗故意把我來照。月亮你莫笑我，且把你自己瞧：殘缺
的日子多，團圓的日子少。

點評

詼諧、幽默、俏皮、嬌嗔，是這首愛情民歌的四原色。在

中國古代的愛情民歌中，我們聽到了太多的嘆息與抗爭之聲，像上述格調的作品並不多見，所以它能使我們產生耳目一新之感。這首民歌將月亮擬人化，月亮笑人，人笑月亮。全詩想像豐富，特別是結句對月亮的調侃，更是物我兩融，諧趣橫生。

山　歌

〔明〕民　歌

弗見子情人心裡酸①，用心模擬一般般②。
閉子眼睛望空親個嘴，接連叫句「俏心肝」。

注釋

①弗見子：吳地方言，沒見著之意。子：著。第三句之「子」
　其意相同。

②模擬：模仿，仿照。一般般：一件件，一種種。

譯文

沒見著情人心裡頭苦酸，用心思模仿過去郎親女愛的一般

般。閉著眼睛向空中親個嘴，口中連連叫喚「好心肝」。

點評

　　南朝樂府民歌中有一首〈子夜歌〉：「夜長不得眠，明月何灼灼。想聞歡喚聲，虛應空中諾。」這首明代山歌與〈子夜歌〉可謂異曲同工，不同的是後者句式整齊，頗有後來唐代五絕的韻味，而前者句式參差；後者只形之於聲音，虛應空中的呼喚，而前者則不僅「接連叫句『俏心肝』」，而且一廂情願，以假成真地「望空親個嘴」。同屬癡想成幻，表現仍各有不同。

山　歌

〔明〕民　歌

　　滔滔風急浪朝天，情郎哥扳樁要開舡①。
　　狹絹做裾郎無幅②，簷頭種菜姐無園③。

注釋

　　①扳樁：從岸邊繫船的柱子上解纜。舡：讀「船」，意為船也。

②裾：衣服之大襟。幅：原指布帛的寬度。「幅」與「福」諧音雙關。

③園：「園」與「緣」諧音雙關。

譯文

　　江風勁急滔滔的白浪朝天，情哥哥解下纜繩要開船。狹窄的絹做襟郎沒有幅，在屋檐下種菜姐沒有園。

點評

　　這也是一首抒寫離情別緒的民歌。可能是情郎開船遠去，是實寫，也可能是設想此種場面以便抒情，是虛寫。其妙處在於繼承了南朝樂府民歌的諧音手法，又和歇後語相結合，攝取做衣、種菜的生活小景，暗示郎君無福，姐兒無緣。表現手法的別出心裁，給讀者以深刻的印象和長遠的回味。

山　歌

〔明〕民　歌

郎上孤舟妾倚樓①，東風吹水送行舟。老

天若有留郎意，一夜西風水倒流。五拜拈
香三叩頭②！

注釋

①倚樓：靠在樓頭的樑柱或欄杆上。
②「五拜」句：以膜拜、拈香、叩頭來答謝顯靈的老天。

譯文

　　郎登上孤舟我久倚繡樓，東風吹動江水遠送行舟。老天爺
你若有留郎之意，就刮一夜西風讓水倒流。我向你拈香跪拜三
磕頭！

點評

　　前兩句寫景敘事，平平道來，似不見如何精彩。第三句筆
意陡轉，頓開妙境，化無情爲有情，化不可能爲可能。這種一
廂情願的幻想，正深層次地表現了抒情女主人公的內心世界，
令不同時代的讀者感同身受，心弦共鳴。如果沒有這種詩的幻
想，河流就失去了波瀾，明珠也就會黯然失色了。

小　曲

〔清〕民　歌

一別經年無經慣①，兩次相思誰人敢耽②，三不知的你去的一個音絕斷③，似有如没盼不到我跟前④，五行書裡命犯著孤鸞⑤，六月連陰天，淒淒涼涼敢向誰言⑥？八不能閃了我和他行伴。

注釋

①無經慣：無法、不能經受之意。
②耽：延擱，耽擱。
③音絕斷：即音信斷絕，沒有音信。
④似：好像，「似」又爲「四」的諧音。
⑤五行：指金、木、水、火、土。舊時算命人看命相的書叫「五行書」。孤鸞：無偶雄鸞，此處自喻命運孤單。
⑥淒淒涼涼：寂寞清冷。「淒」諧音「七」。

譯文

一別就年復一年令人不能經受，兩次相思誰人敢擔待遲延，三不知你去後音訊絕斷，似有如無盼不到我眼前，五行書

算我命中該孤單，炎炎六月裡連著是陰天，淒涼寂寞我敢向誰去言宣？八不能拋撇了我和他相伴。

點評

　　這是一首民間詩歌中常見的「數數歌」。這首民歌也依句序嵌有「一、二、三、四、五、六、七、八」的數字，此中的「四」是用「似」的諧音代替，「七」則用「淒」的諧音表示。數字如果用得不好，容易流於文字遊戲，如運用恰到好處，則能動人地言情表意，富有風趣，便於唱誦和流傳。這首民歌的藝術效果就是如此。

寄生草

〔清〕民　歌

　　一面琵琶在牆上掛，猛擡頭看見了它。叫丫環摘下琵琶彈幾下。未定弦①，淚珠兒先流下。彈起琵琶，想起了冤家②，琵琶好，不如冤家會說話。

注釋

①定弦：音樂術語，調整樂器的鬆緊以校正音高。

②冤家：舊時對所愛的人的昵稱，爲愛極的反語。黃庭堅〈晝夜樂〉詞：「其奈冤家無定據，約雲朝又還雨暮。」

譯文

　　一張琵琶在牆上掛，猛然擡頭看見了它。叫丫環取下琵琶彈幾下。沒有定好音準，淚水就先流下。彈起琵琶啊，想起了那冤家。琵琶聲音雖然好，不如冤家會向我說貼心話。

點評

　　「見琵琶」是睹物思人，抒情女主人公昔日和她的情人相處時，牆上琵琶是他們定情的見證。「彈琵琶」則是借酒澆愁，如同白居易〈琵琶行〉中所寫「低眉信手續續彈，説盡心中無限事」。「怨琵琶」還怨於物，本是怨情人離去未回，弦上之語怎麼當得情人之語？在此詩中，琵琶是思婦的感情的客觀對應物，表盡了她的心曲。

馬頭調

〔淸〕民　歌

　　我今去了，你存心耐①，我今去了，不用
掛懷。我今去，千般出在無其奈②，我去
了，千萬莫把相思害！我今去了，我就回
來。我回來，疼你的心腸仍然在；若不
來，定是在外把相思害。

注釋

①耐：本爲相宜與值得之意。如岑參〈喜韓樽相過〉之「三
　月灞陵春已老，故人相逢耐醉倒」，李白〈別殷淑〉之「惜
　別耐取醉，鳴榔且長謠」。此處爲方言，意爲熬著、等著。
②無其奈：意爲無奈其，即無可奈何。

譯文

　　我現在走了，你耐心等待，我現在走了，你不用掛念遠懷。
我現在走，一千個出於無奈，我現在走了，你千萬不要把相思
害！我現在走了，我就回來。我回來，疼愛你的心腸依然在；
如果沒有回來，一定是在外面把相思害。

點評

　　這是一首角度和語言都很新鮮的民歌。抒情的主人公是一位男子，在臨別之際再三勸慰對他情深一往卻又放心不下的情人。前五句說自己將「去」，三次安慰對方，兩回表白自己。最後兩句「回來」與「不來」對舉成文，從兩個方面表示自己忠誠如一。這樣反之覆之，一對有情人依依惜別的場景便如在目前。

馬頭調

〔清〕民　歌

　　無樓梯兒難上下①，天下的星斗，難抓難拿。畫兒上的馬，有鞍有彎難騎跨②。冰凌裡的魚，縱有金釣無處下。竹籃子打水，鏡裡採花。夢中人，千留萬留留不下。醒來後，空有明月在紗窗掛。

注釋

①兒：語尾助詞，無實義。

②轡：讀音「配」，駕馭牲口的繮繩。《詩經・鄭風・大叔於
田》：「執轡如組，兩驂如舞。」

譯文

　　沒有樓梯難以上下，天底下的星星難抓也難拿。牆上圖畫
中的駿馬，有鞍有繩難騎也難跨。江河冰凌裡的魚，即使有金
釣也無處可下。如同用竹籃子去打水，好像從鏡子裡去採花。
夢中的人兒啊，千留萬留也留不下。一場好夢醒來後，只有一
輪明月在紗窗上掛。

點評

　　這也是寫離情的民歌，但卻是從夢醒後著筆。按照時間順
序，最後一句應是首句，其它都是「醒來後」的所思所感，然
而那樣處理就沒有波瀾，不如現在這樣曲折有致，而且以景結
情，留下的是悠然不盡的尾聲。至於前面六個比喻，都是比「夢
中人，千留萬留留不下」，現代修辭學稱爲「博喻」，西方因莎
士比亞善用比喻，故稱爲「莎士比亞比喻」。

千葉紅芙蓉

馬頭調

〔清〕民　歌

離了我來你可悶不悶①？見了我來你可
親不親？我走了，不知你可恨不恨？在
人心，不知你可問不問？想我的心腸②，
不知你可眞不眞？我想你，不知你可信
不信？我想你，不知你可信不信？

注釋

①來：語助詞，無實義。無名氏〈隔江鬥志〉第三折：「這
幾日離多來會少。」

②心腸：心思，心緒。張籍〈學仙〉詩：「勤勞不能成，疑
慮積心腸。」

譯文

離開了我你可煩悶不煩悶？見了我的面你可相親不相親？
我走了，不知你可怨恨不怨恨？情愛自在人心，不知你可相問
不相問？想念我的心思，不知你可眞不眞？我想念你啊，不知
你可相信不相信？我想念你啊，不知你可相信不相信？

三、離情

325

點評

　　這首民歌完全以問句結撰成章。前面數句直詢對方，總而言之是問對方對自己感情如何，結尾兩句反覆其言，是説自己想念對方不知對方相信與否，一致中有變化，變化中見一致。這種通篇以問句出之的寫法，首見於屈原的一連提了一百七十多個問題的〈天問〉，以後作者不多，初唐詩人王績〈在京思故園見鄉人問〉二十四行詩中提了十二個問題，疊床架屋，不及此首民歌甚遠。

馬頭調

〔清〕民　歌

心字亂來情字兒堪散①，思字兒傷悲，想字兒更難。身字兒由不的我，夢字兒不能與你常陪伴。痛字兒淒涼苦，淚字兒牽連流②。他字你字兒成雙，俺字兒我字兒孤單。離字別字兒容易，逢字見字兒更難。煩字兒愁字兒鎖上眉間。要得病字兒

好，還得人字兒常陪伴。

注釋

①堪：正好，正可。孟浩然〈問舟子〉：「向夕問舟子，前程
復幾多？灣頭正堪泊，淮裡足風波。」
②牽連流：此處形容淚流不斷之貌。

譯文

心字令人煩亂情字正好離散，思字傷悲想字更艱難。身字
由不得我自己，夢字卻不能與你夢裡相逢常陪伴。痛字寂寞哀
苦，淚字淚珠成串流不斷。他字你字都成雙，俺字我字都孤單。
離字別字別時容易，逢字見字見時難。煩字愁字煩愁深鎖兩眉
間，如果要得病字兒好，還得人家情人常常陪伴在身邊。

點評

宋代詞人吳文英〈唐多令〉說：「何處合成愁？離人心上
秋。」這是詩中析字。而以釋字構成全篇，在文人的作品中得
未曾見，在民歌中卻自成一體。這首民歌以二十個表情的字入
詩，或者說釋二十個字成詩，自是詩中創格。雖爲人工，頗如
天籟，錄此一篇，讀者也可別開眼界，如同在園林中觀賞不多
見的異草奇花。

四、怨情——

負妾一雙偷淚眼

狡　童

詩經・鄭風

彼狡童兮①，不與我言兮。
維子之故②，使我不能餐兮！

彼狡童兮，不與我食兮③。
維子之故，使我不能息兮！

注釋

①彼：那個。狡童：狡猾的年輕人。
②維：因為。陳奐《傳疏》：「為也。」
③食：飲食，吃飯之意。兮：同「啊」，語氣詞。

譯文

　　那個狡猾小壞蛋啊，不再和我來說話啊。因為他的這一緣故，使我飯也吃不下啊！那個狡猾的小壞蛋啊，不再和我同進餐啊。因為他的這一緣故，使我睡覺也難安啊！

點評

　　這首〈狡童〉，是中國古典愛情詩中最早的怨情詩之一。如

果説，《詩經·衛風·氓》是寫一位婦女被丈夫遺棄的怨情，篇幅也較長，那麼，這首詩則是表現一對小兒女之間的感情風波，篇幅精煉。風波的起因、過程和結果讀者均不得而知，這是詩的省略與含蓄，但時隔兩千年之後，讀者仍願傾聽這位少女的傾訴。

晨　風

詩經·秦風

鴥彼晨風①，鬱彼北林②。
未見君子，憂心欽欽③。
如何如何，忘我實多！

山有苞櫟④，隰有六駁⑤。
未見君子，憂心靡樂⑥。
如何如何，忘我實多！

山有苞棣⑦，隰有樹檖⑧。

未見君子，憂心如醉。

如何如何，忘我實多！

注釋

①鴥：音「聿」，亦作鷸，疾飛之貌。晨風：鳥名，即鸇，鷙
鳥類，似鷂。

②鬱：茂盛之貌。北林：林名，或謂北面的樹林。

③欽欽：憂愁的樣子。

④苞櫟：落葉喬木，成叢的櫟樹。

⑤隰：低窪之地。六駁：「六」指多數，駁讀「搏」，木名，
梓榆也。

⑥靡樂：不樂。一說樂讀爲「瘵」，就是「療」之意，靡樂則
意爲不可治療。

⑦苞棣：木名，即「唐棣」，又名「郁李」。

⑧檖：山梨。

譯文

高飛疾翔的是那晨風，飛到北林樹木鬱森森。還沒有見到
我的人兒，我的心中憂愁已重重。爲什麼啊爲的是什麼？你一
點兒也不想念我！山頭上櫟樹長得多茂盛，赤李樹生在那窪地
中。還沒有見到我的人兒，悶悶不樂啊是我的心。爲什麼啊爲
的是什麼？你一點兒也不想念我！郁李兒山上長得一叢叢，山
梨兒窪地裡到處生。還沒有見到我的人兒，我憂傷的人啊醉昏
昏。爲什麼啊爲的是什麼？你一點兒也不想念我！

點評

　　一位女子懷念她久未見面的情人，她產生種種猜測而不禁反覆怨嘆，那「未見君子」的重言，那「忘我實多」的覆唱，如一闋相思相怨之曲，譜出了弱女子的心聲。在西方，卻有不少男方怨女方的詩，如西班牙詩人古·阿·貝克爾的〈嘆出的是氣〉：「嘆出的是氣，歸到大氣裡。眼淚是水，歸到大海裡。告訴我，女郎！妳可知道忘卻的愛情歸向哪裡？」

有所思

〔漢〕樂　府

　　有所思，乃在大海南。何用問遺君①？雙珠玳瑁簪②，用玉紹繚之③。聞君有他心，拉雜摧燒之④。摧燒之，當風揚其灰。從今以往，勿復相思！相思與君絕。雞鳴狗吠，兄嫂當知之。妃呼豨⑤。秋風蕭蕭晨風颸⑥，東方須臾高知之⑦。

注釋

①問遺：贈與，贈送。

②玳瑁：龜類，甲帶花紋，可作裝飾品。簪：古人用來橫穿
　髻上的連接冠和髮髻的長針。

③紹繚：纏繞。

④拉雜：折斷。催燒：毀壞焚燒。

⑤妃呼豨：表聲詞。一說為「悲歔欷」的借字。

⑥颸：疾速之貌。

⑦高：讀「皓」，白貌。東方高：即東方白。

譯文

　　我思念的人啊，遠在大海之南。拿什麼東西送給他？飾有
雙珠的玳瑁簪，還用玉片來把簪身纏。聽說他的心思變了卦，
折斷簪兒焚燒它。折斷焚燒，在風中把灰揚棄，而今而後，再
不把他想念！相思啊我要和他斷交。想當初幽會時雞鳴狗叫，
只怕哥哥嫂嫂心中知曉。悲歔欷！秋風颯颯晨風鳥兒飛得高，
一會兒東方明亮我的心思太陽可鑒照！

點評

　　這首詩以女主人公自述的口吻，寫出了她複雜曲折的心理
活動。她先是「思」，繼之以「怨」，最後是「思」與「怨」、「愛」
與「恨」交集。感情熱烈深沈，表情曲折有致。其中「玳瑁簪」
通貫全篇，既是精彩的細節描寫，也是縮合全文的抒情線索。〈有
所思〉和〈上邪〉堪稱漢樂府情詩中的雙璧，至今仍然光華照人。

四、怨情

雜　歌

〔漢〕樂　府

　　晨行梓道中，梓葉相切磨①。
　　與君別交中，繢如新縑羅②。
　　裂之有餘絲③，吐之無還期。

注釋

①切磨：此處形容枝葉互相拂動。

②繢：讀「話」，形容破裂之聲。潘岳〈西征賦〉：「繢瓦解
　而冰泮。」新縑羅：新織的絲綢。

③絲：與「思」諧音，「有餘絲」即「有餘思」。

譯文

　　早晨走在栽滿梓樹的路上，梓樹枝葉在風中互相搖蕩。我
和你從此分手斷絕來往，就如撕裂新綢的聲響一樣。撕裂的新
綢雖有餘絲相連，蠶吐絲後就絕無回收時光。

點評

　　首二句看來沒有扣緊主旨，實爲敍事寫景兼作起興，梓樹的枝葉交相拂動，反襯的是抒情女主人公的形單影隻。次二句以撕裂絲綢爲喻，比擬自己和戀人堅決絕交。後二句既是比喻也是雙關，表白自己決絕的毫不反悔的態度。全詩塑造了一位性格剛強的婦女形象，同時也給讀者留下了許多聯想的空白。

上山采蘼蕪

〔漢〕古　詩

上山采蘼蕪①，下山逢故夫。
長跪問故夫②：「新人復何如？」
「新人雖言好，未若故人姝③。
顏色類相似，手爪不相如④。」
「新人從門入，故人從閣去⑤。」
「新人工織縑⑥，故人工織素⑦。
織縑日一匹⑧，織素五丈餘。
將縑來比素，新人不如故。」

注釋

①蘪蕪：香草之一種，可作香料。古人相信它可使婦人得子。

②長跪：古人席地而坐，兩膝著地，臀部壓於脚後跟。「長跪」
即伸長腰身而跪。

③姝：好，美好，美麗。

④手爪：此處指剪裁、紡織等功夫。

⑤閣：旁門，小門。上句所說之「門」爲正門。

⑥縑：絹類，帶黃色，價比素賤。

⑦素：絹類，色潔白，價比縑貴。

⑧一匹：長四丈。

譯文

上山去採集香草蘪蕪，下山碰到過去的丈夫。伸直腰身跪
著詢問故夫：「你娶的新人究竟何如？」「新人雖然說是好，仍
然沒有故人妙。妳們容貌還相似，她的手工卻不如。」「新人大
門迎進來，故人旁門送出去。」「新人善於織黃絹，故人善於織
白綢。一日織絹只四丈，織綢一天五丈餘。織絹織綢兩相比，
新人不如妳舊婦。」

點評

從內容而言這是一首棄婦詩，從體裁而論則是一首敘事
詩。在中國古典詩歌史上，敘事詩是不很發達的，而此詩則是
中國古典敘事詩中的精品之一，在藝術剪裁上尤見功夫。作者
未涉及棄婦被棄之前和被棄時的生活情景，對棄婦故夫相遇之

後的情節也沒有落筆，而是選取山下相遇的典型場景，通過人物對話，揭示人物的性格與命運，並刺激讀者參與藝術的再創造。

青青河畔草

〔漢〕古　詩

青青河畔草，鬱鬱園中柳。
盈盈樓上女，皎皎當窗牖①。
娥娥紅粉妝，纖纖出素手。
昔爲倡家女②，今爲蕩子婦③。
蕩子行不歸，空床難獨守。

注釋

①窗牖：窗戶。牖，窗也。

②倡家女：漢代倡家女是指以歌舞爲職業的藝人，即歌妓，不同於後世的娼妓。

③蕩子：遊子，在外漫遊浪跡的人，和後世的蕩子涵義不同。

四、怨情

譯文

青綠的是河邊春草密，茂盛的是園中的柳絲長。輕盈的是樓上的少婦，照眼的是當窗的面龐。倩麗的是濃豔的打扮，皎白的是玉手的修長。過去是能歌善舞的少女，今日爲婦遊子浪跡四方。浪跡四方的遊子久不歸，形單影隻難以獨守空房。

點評

以第三人稱寫的思婦詩，在《古詩十九首》中唯此一首。此詩在藝術上最大的特色，是疊字的巧妙運用。前六句每句均用疊字，一句一轉，既描摹出對象的綽約風姿，千姿百態，又大珠小珠落玉盤，加強了全詩的珠走泉流的音樂美感。它和〈迢迢牽牛星〉中的疊字運用相映生輝，也遠啓了李清照〈聲聲慢〉連用十四個疊字的先河。

冉冉孤生竹

〔漢〕古　詩

冉冉孤生竹①，結根泰山阿②。

與君爲新婚，菟絲附女蘿③。

菟絲生有時，夫婦會有宜④。

千里遠結婚，悠悠隔山陂⑤。

思君令人老，軒車來何遲⑥！

傷彼蕙蘭花，含英揚光輝。

過時而不采，將隨秋草萎。

亮君執高節⑦，賤妾亦何爲？

注釋

①冉冉：柔弱下垂之貌。孤生：沒有兄弟姐妹。

②泰山：喻未嫁時在家依靠父母。阿：山之曲處。

③「菟絲」句：菟絲與女蘿均爲具有攀緣纏繞習性的蔓生植
　物，此處象徵新婚感情融洽。

④宜：合適，相宜。

⑤陂：坂也，即山坡。此句意爲遠別。

⑥軒車：有屏蔽之車，古爲大夫以上者所乘。意指丈夫遠宦
　不歸或求取功名而未歸。

⑦亮：確實，可信。高節：對愛情堅貞不移的節操。

譯文

　　柔弱靑嫩的孤竹啊，生長在那泰山脚跟。和夫君你結爲夫
婦，菟絲女蘿纏繞難分。菟絲花開原有定時，夫唱婦隨本應適
宜。和你結婚千里遠來，你出門後雲山萬里。思君念君令人衰
老，軒車遲遲沒有消息！傷心那些蘭蕙香花，含苞而放多麼鮮

豔。過了時節而不採摘，將會凋謝秋草之間。如果你真是堅貞如一，我苦等你吧又有何言？

點評

唐代詩人杜甫有著名的〈新婚別〉一詩，這首民歌也是抒寫一位新婦對丈夫遠行不歸的愁怨。全詩以比興手法結撰成章，先是以「孤生竹」自比，次以「菟絲」自比，再次以「蘭蕙花」自比，沒有這些比喻，全詩不僅黯然失色，藝術結構也不復存在。吳淇《選詩定論》說：「此詩何嘗不怨？細讀之又何嘗怨？此詩何嘗怨？細讀之又何嘗不怨？」錄以備參。

子夜歌

〔南朝〕樂　府

郎爲傍人取①，負儂非一事②。
攤門不安橫③，無復相關意④。

注釋

①傍人：旁人，傍通「旁」。

②負：辜負，背負，負心。

③攤門：即籬門。又說「攤」即「摛」，張開之意。安：安置，
　　插上。橫：即「闌」，門閂。

④相關：雙關語，指門的關合，又暗寓兩人的關係。

譯文

　　你的心已經被他人獲取，辜負我的事已不止一起。如同門
兒敞開不再插門，我和你再沒有關聯之意。

點評

　　「詩可以怨」的古老詩教，在這首民歌中也得到了體現。
詩的前兩句直敍其事，雖平平而起，但直率之中可見怨憤之情。
後兩句從日常生活形象中提取比喻，並和同音雙關的手法結合
在一起，巧妙地表現了抒情女主人公的決絕態度。全詩風格柔
婉，是南朝樂府本色，主人公性格剛強，與詩風形成鮮明對照。

子夜歌

〔南朝〕樂　府

儂作北辰星①，千年無轉移。
歡行白日心②，朝東暮西還③。

注釋

①儂：吳地方言，自稱之詞，意爲「我」。北辰星：北斗星，
亦稱北極星。

②行：作。白日：太陽。

③還：旋轉，回還。

譯文

我是夜空北斗星，千年萬載永不移。你是白天的太陽，早
上在東暮轉西。

點評

詩貴想像，而新穎性則是詩的想像的第一個美學特徵。詩
的比喻是詩的想像的呈示與結果，同樣要注意新穎獨創。這首
民歌以永恆不動的北辰星自喻，以朝東暮西的白日他喻，均是
喻前人之所未喻，這種給人以新鮮美感享受的比喻，才能在讀
者的欣賞這一藝術再創造的審美活動中，獲得永久的藝術生
命。

子夜歌

〔南朝〕樂　府

常慮有貳意，歡今果不齊①。
枯魚就濁水②，長與清流乖③。

注釋

①不齊：不齊心，兩心不一致。
②枯魚：隱喻男方。濁水：污濁的水，隱喻奪己所愛的其他
　女子。
③清流：與濁水相對，主人公自喻。乖：違反，背離。

譯文

常常顧慮你二意三心，你今天果然和我離分。就像枯魚投
入那污水，從此和清流沒有緣分。

點評

在女子沒有完全獨立的社會中，她們常常擔心男子用情不
專而自己遭到遺棄，何況是男尊女卑的封建社會？此詩就是寫
一位女子對負心男人的怨恨，和對插足的第三者的痛恨。「枯
魚」之喻，「濁水」之比，「清流」之譬，感情色彩鮮明而又頗

爲新鮮，給讀者以強烈的審美印象。

子夜變歌

〔南朝〕樂　府

人傳歡負情①，我自未嘗見。
三更開門去②，始知子夜變③。

注釋

①負情：辜負、背負、背棄了愛情。
②三更：舊時一夜分爲五更，每更約兩小時。三更爲半夜。
去：離開、離去。
③子夜變：雙關隱語。「子夜」爲「半夜」，「子」亦爲「你」，
本意是半夜驚變，寓意是你夜裡變了心。

譯文

別人傳說郎君忘情負義，我不相信因爲未曾得見。待到夜
半時他開門離去，我才知他的感情已改變。

〈子夜變歌〉是東晉時流行在長江中下游的民歌，由〈子夜歌〉變化而來。詩中女主人公的忠貞善良和男子的負心欺騙，構成了鮮明的對比，後兩句雙關手法的運用，正是南朝樂府民歌的當行本色。英國作家蕭伯納說：「永遠記住這點：世界上最不平凡的美是家裡的美。」可惜這位男子無法聽到他的忠告。

讀曲歌

〔南朝〕樂　府

計約黃昏後，人斷猶未來①。
聞歡開方局②，已復將誰期③？

注釋

①人斷：路上已無行人，表示夜深。
②開方局：棋盤。漢代班固〈弈旨〉：「局必方正，像地則也。」開方局指擺好棋盤。
③「已復」句：已經又在等待誰來下棋。「期」與「棋」諧音

四、怨情

347

雙關，明說下棋，暗寓和誰相期之意。

譯文

相約好見面在黃昏之後，路上行人斷絕你還未來。我聽說你已經擺好棋盤，你又在將什麼新人等待？

點評

宋代趙師秀有一首〈約客〉：「黃梅時節家家雨，青草池塘處處蛙。有約不來過夜半，閒敲棋子落燈花。」他的詩情可能受過這首南朝樂府的啓發，但內涵完全不同，此詩最後兩句，是雙關也是象徵，音流弦外，讀者宛然可想。可以看到同是雙關隱語，在此詩中又是一番風貌，正如同是棋局，卻局局常新。

采桑度

〔南朝〕樂　府

偽蠶化作繭①，爛熳不成絲②。
徒勞無所獲，養蠶持底爲③？

注釋

①僞蠶：假蠶。

②爛熳：亦作「爛漫」。此處爲散亂無緒之貌。《莊子·在
宥》：「大德不同，而性命爛漫矣。」絲：諧音「思」。

③持底爲：奉持、從事它（指養蠶）是爲了什麼。

譯文

假的蠶子化成繭，散亂無緒難理絲。白白辛勞沒收穫，從
事桑蠶爲何事？

點評

〈采桑度〉是南朝時流行在長江中游、漢水兩岸的歌舞之
曲，多表現養蠶採桑的農事，此爲其中之一。它表面上寫的是
蠶桑，實際上所指的是愛情，而且是愛情的悲劇。手法是傳統
的或南朝樂府中習見的隱喻雙關，內涵是中國詩藝所強調的言
在此而意在彼，讀者在諷詠中自可領略。

懊儂歌

〔南朝〕樂　府

懊惱奈何許①！
夜聞家中論②，
不得儂與汝③。

注釋

①懊惱：憂愁煩惱。奈何：怎麼辦。許：語尾助詞。

②論：議論，商議。

③與：給。此處爲嫁給之意。

譯文

　　怎麼辦啊，滿懷的憂愁煩惱怎能平息！晚上聽到家裡長輩在商議，他們不肯把我嫁給心愛的你！

點評

　　西諺有云：「弱者，你的名字是女人！」在中國漫長的封建社會中，女子的地位和命運何嘗不是如此。父母之命，媒妁之言，就是對她們短促而漫長的一生的判決。這首詩所反映的，就是封建婚姻制度下一位弱女子的悲劇。全詩純用白描，全爲

口語，直抒胸臆，眞情動人。

懊儂歌

〔南朝〕樂　府

我與歡相憐①，約誓底言者②。
常嘆負情人，郎今果成詐③。

注釋

①相憐：相愛。「憐」亦爲「連」的諧音。

②約誓：盟誓，發誓。底：此，這，那。無名氏〈驀山溪〉
　詞：「竹籬茅舍，底是藏春處。」言者：指起誓的人。

③果：果然。

譯文

　我與情郎啊相愛又相連，他立過白頭到老的誓言。我常悲
嘆天下負心的人，他今天果然也將我欺騙。

四、怨情

〈懊儂歌〉顧名思義，它多寫男女愛情的種種不幸與憂傷。這首詩中的女子對所愛的人堅貞如一，她的情人也曾對她信誓旦旦，但她所擔心的事終於發生，她只有為自己的悲劇命運嘆息。全詩純用賦體，沒有借助詩的其他藝術手段，但仍淒惻動人。

歡聞變歌

〔南朝〕樂　府

金瓦九重牆①，玉壁珊瑚柱②。
中夜來相尋，喚歡聞不顧。

注釋

①九重：指天，也指帝王所居之處。此處指女子情人所居之高宅深院。

②珊瑚：「珊瑚蟲」所分泌的石灰質骨骼，形狀像樹枝，多為紅色，多產於熱帶海洋中，可做裝飾品。此處形容柱之華貴。

　　金色的屋瓦牆院重重，玉飾的壁珊瑚作柱身。深更半夜我來尋找你，你聽到呼喚卻不應聲。

點評

　　這首寥寥二十個字的民歌，描繪的是時間長河中的一刹那，大千世界的一片斷，時間是「中夜」的某一刻，空間是「金瓦九重牆」的某一地，情節的中心是「喚歡聞不顧」，但它所寫的是位女子的愛情悲劇，全詩以一當萬，以少總多，規定了想像的線索，提供了聯想的空間，留給了讀者味之不盡的餘地。

地驅樂歌

〔北朝〕樂　府

驅羊入谷①，白羊在前②。
老女不嫁，蹋地喚天③！

四、怨情

注釋

①入谷：進入谷口。

②「白羊」句：白色的頭羊走在前面。

③蹋：即「踏」。蹋地喚天：頓足悲號之貌。

譯文

驅趕那羊群進入谷口，白色頭羊總走在前面。姑娘老大了還不出嫁，只有頓足悲哭喊老天！

點評

北朝戰亂頻仍，男少女多，女子多爲家庭的勞動力，這首短歌反映了當時的社會現實，也傳達了人性的呼聲。全詩以北方牧地生活情景起興，感情強烈，奔迸噴吐，絕不婉轉含蓄，但仍然以其眞情直率搖撼人心。梁啓超曾稱此類作品的抒情是「奔迸式」，信然！

折楊柳枝歌

〔北朝〕樂　府

門前一株棗①，歲歲不知老②。

阿婆不嫁女③，那得孫兒抱？

注釋

①棗：諧音「早」。

②不知老：指棗樹年年翠綠茂盛，果實結滿枝頭。

③阿婆：女子的母親。

譯文

門前栽種的那一株棗樹，年年果實滿枝綠葉繁茂。母親啊妳不讓女兒出嫁，怎麼能得到小孫兒來抱？

點評

北朝長期戰亂，加之家庭需要勞力，女子出嫁頗為不易。此詩以「棗」(早)暗示自己出嫁的遲，以果實滿枝喻自己尚在待嫁。最妙的是後兩句，不說己之盼嫁，而反問母親一個正合她的心意的問題，風趣幽默，機智慧黠，這位北方女子的直率和聰穎的風神，宛然如在紙上。

題玉泉溪

〔唐〕湘驛女子

　　紅樹醉秋色①，碧溪彈夜弦②，

　　佳期不可再③，風雨杳如年④。

注釋

①醉：此處爲使動用法，「使秋色醉」之意。

②碧溪：碧綠的溪水，此處指玉泉溪，地在湖北省當陽縣西北。

③再：又一次，兩次或第二次。

④杳：幽暗深遠。杳如年：指風雨如晦的長夜如年。

譯文

　　楓林的紅葉醉了秋天，碧綠的溪水如奏夜弦。那歡會之期不可再得，風雨幽暗啊長夜如年。

點評

　　秋天是懷人的季節，何況溪水如弦，如奏相思之曲？何況風雨如晦，再會杳然無期？此詩「紅樹」、「碧溪」的濃豔色彩，更反襯出女抒情主人公內心的落寞淒涼。俞陛雲《詩境淺說續

編》說：「首二句詞采清麗，音節入古；後二句回首佳期，但覺沈沈風雨，綿渺如今。……如聞『陽阿』、『激楚』之洞簫也。」

幽恨詩

〔唐〕安邑坊女

卜得上峽日①，秋江風浪多。
巴陵一夜雨②，腸斷〈木蘭歌〉③。

注釋

①卜：占卜。古人以火灼龜甲，觀裂紋而推測吉凶，後來也指用其他方法預測吉凶。

②巴陵：今湖南省岳陽市。

③木蘭歌：指〈木蘭詩〉，該詩開篇云：「唧唧復唧唧，木蘭當戶織。不聞機杼聲，惟聞女嘆息。」

譯文

占卜占得西上三峽之日，秋江上的風浪很大很多。巴陵落了一夜不停的雨，我憂傷腸斷唱起〈木蘭歌〉。

點評

《全唐詩》在此詩前有一序文，説進士臧夏居於上都（唐代都城，今之西安市）安邑坊陸氏凶宅，夢一女子歌幽恨之辭。此詩確有傳奇幽怪色彩，但它表現的仍是人間的愁思怨緒。詩中的女抒情主人公的丈夫遠去三峽（原因不明，也不必説明），令她卜而憂，何況秋雨連江，更令她牽腸掛肚，情動於中而詠歌之。全詩纏綿悱惻，含蓄深沈。

南歌子

〔唐〕敦煌曲子詞

悔嫁風流婿，風流無準憑①。攀花折柳得
人憎②。夜夜歸來沈醉，千聲喚不應。回
覷簾前月，鴛鴦帳裡燈。分明照見負心
人。問道些須心事③，搖頭道不曾④。

注釋

①無準憑：沒有一定，靠不住。

②憎：本爲厭惡之意，詞曲中常顚倒其意，作「愛」解。《董
　　西廂》：「你道是可憎麼？直羞落庭前無數花。」

③些須：一點兒，少許。

④不曾：沒有。

譯文

　　後悔嫁給那風流夫婿，他風流放浪沒有準憑。到處尋花問
柳得人歡心。夜夜回家醉醺醺，千聲呼喚不答應。回頭望窗前
一輪皓月，低頭看鴛鴦帳裡燈明。月色燈光都照見負心的人。
我只盤問他少許心中事，他總是連連搖頭說不曾。

點評

　　這是民間詞中頗爲別緻的一首。上片概述浪子丈夫的行
徑，而以一個「悔」字領起與籠罩全篇。下片則寫這位妻子對
丈夫尋根究底，企圖使他酒後吐眞言，但其夫雖然「沈醉」，但
對自己的尋花問柳之事則諱莫如深，可見其狡猾的「清醒」。全
詞於幽默中見嚴肅，於風趣裡見淒愴，於單純的情節中見人物
的情態與性格。

醉公子

〔唐〕無名氏

門前猧兒吠①，知是蕭郎至②。剗襪下香
階③，冤家今夜醉。扶得入羅幃，不肯脫
羅衣。醉則從他醉，還勝獨睡時。

注釋

①猧兒：供人玩弄的小狗。王涯〈宮詞〉：「白雪猧兒拂地行，
慣眠紅毯不曾驚。」
②蕭郎：本稱蕭姓男子，後泛指女子所愛戀之男子。崔郊〈贈
去婢〉：「侯門一入深如海，從此蕭郎是路人。」
③剗襪：光著襪子而未穿鞋。

譯文

門前的小狗叫個不停，我知是情郎終於來臨。光著襪子下
階去迎接，見冤家今夜醉醺醺。扶得他進入絲織圍帳，他不肯
脫下身上衣裳。醉就讓他自個兒去醉，還是勝過獨睡的時光。

點評

這首詞有單純而具戲劇性的情節。一位女子久候情郎，待

他來時忙去迎候（令人想起李後主〈菩薩蠻〉中「剗襪步香階，手提金縷鞋」之句）。但情郎卻和衣而睡，使她怨恨莫名。最後兩句強自解脫，乃全詞精彩之筆，雖說「還勝」，實際上卻包含了多少辛酸愁怨，所謂含不盡之意見於言外是也。

菩薩蠻

〔唐〕敦煌曲子詞

香銷羅幌魂堪斷①，唯聞蟋蟀相吟伴。每歲送寒衣，到頭歸不歸？　千行敧枕淚②，恨別添憔悴。羅帶舊同心③，不曾看至今。

注釋

①羅幌：絲織的帷帳。

②敧：通「攲」，傾斜之貌，杜甫〈奉先劉少甫新畫山水障歌〉：「攲岸側島秋毫末。」

③舊同心：指衣帶上過去打的同心之結。

譯文

羅帷中爐香燃盡愁腸欲斷，只聽得蟋蟀吟秋和我爲伴。年年都給征人送去寒衣，到頭來能不能回返家裡？靠著枕頭流淌千行眼淚，傷離恨別更使形容憔悴。羅帶上過去結的同心，我不曾看過直到如今。

點評

這首詞並沒有去寫思婦和征夫從前的種種情事，對他們以後的生活情景也沒有涉及，作者只聰明地提煉了夜深人靜時思婦念夫的瞬間，作集中而「留白」頗多的描繪，引人聯想和想像。詞中的蟋蟀在中國古典詩歌中是一個原型意象，在《詩經·唐風·蟋蟀》篇中就開始吟唱。哀音何動人，時至今日，它不是在詩人余光中的詩裡輕吟，洛夫不是也有〈與衡陽賓館的一隻蟋蟀對話〉之詩嗎？

望江南

〔唐〕敦煌曲子詞

天上月，遙望似一團銀。夜久更闌風漸緊①，爲奴吹散月邊雲②，照見負心人。

注釋

①更闌：更深，指夜已深沉。

②月邊雲：月亮旁邊的浮雲。此處可能指遊子另有新歡。

譯文

天上的明月，遙遙仰望像一團白銀。夜久更深風兒吹得漸漸緊，替我吹散月邊的浮雲吧，好照見那負心的人。

點評

以月起興帶起全篇，以月結尾收束全詞。吹散浮雲照見負心人的想像，新鮮獨創，表現了抒情女主人公的一片癡情，幾多幽怨，也幫助創造了全詩哀婉而空靈的意境。宋代羅燁《醉翁談錄》載有意娘〈相思歌〉云：「我有一片心，無人向我說。順風吹散雲，頂對天邊月。」可以和此詞互參。

望江南

〔唐〕敦煌曲子詞

莫攀我①，攀我太心偏。我是曲江臨池柳
②，這人折了那人攀，恩愛一時間。

注釋

①攀：攀折，拗折。此處為攀玩之意。白居易〈杏園中棗樹〉：
「豈宜遇攀玩，幸免遭傷毀。」

②曲江：池名，方圓約七里，因池水曲折得名，在唐代都城
長安東南方，為漢、隋、唐數朝遊覽勝地。

譯文

不要攀玩我，攀玩我你是死心眼。我如同曲江池畔迎風柳，
這個人折了那個人來攀，恩愛只是一時之間。

點評

這是一首妓女自訴和他訴的詩，自訴自己如柳條易攀易折
的悲苦命運，他訴於一個對自己鍾情的男子，不要過於偏心執
著，從中可見這位女子對命運的清醒認識和心地的善良。「章臺
折楊柳，春日路旁情」，崔國輔也曾將妓女比作楊柳，但不如此

詩意象生動。此詩的楊柳意象不僅生動，而且支撐起全詩的藝術架構。

拋球樂

〔唐〕敦煌曲子詞

珠淚紛紛濕綺羅，少年公子負恩多。當初姊姊分明道，莫把眞心過與他①。子細思量著②，淡薄知聞解好麼③？

注釋

①過與：給與。

②子細：即仔細，認眞、細緻之意。

③淡薄：淺，薄，與「深」、「厚」相對。知聞：有知己、交情之意。解：知曉，懂得。

譯文

淚珠顆顆打濕了綢羅，年輕公子辜負恩情多。當初姐姐分明交代我，不要把眞心給與他啊。仔細思索我才明白，那種感

情淺薄的人能懂得好處麼？

點評

　　此詞寫一位風塵女子的自怨自艾與自省，用的是第一人稱的敍述方式，表現的是沈痛、後悔、徹悟的心理過程，但全詞沒有直接出現這些字眼，因爲詩重在藝術表現，而不主陳述和說明。這一類描繪風塵女子生活的詩詞，可能啓發了後世的關漢卿，使他創作出《救風塵》那樣的劇本。

鵲踏枝

〔唐〕敦煌曲子詞

　　叵耐靈鵲多瞞語 ①，送喜何曾有憑據？
　　幾度飛來活捉取，鎖上金籠休共語②。
　　比擬好心來送喜③，誰知鎖我在金籠裡。
　　願他征夫好歸來，騰身卻放我向青雲裡。

注釋

　　①叵耐：叵爲不可兩字的合音，叵耐即不可耐，此處作可惱

解。瞞語：言而無徵之語，欺騙的話。

②休共語：指不再和喜鵲說話。

③比擬：唐人俗語稱「本來」爲比。擬爲打算之意。

譯文

可惱那靈鵲子多行欺騙，送喜報哪裡有什麼憑據？趁它再次飛來把它捉下，鎖進金籠不再和牠說話。本來是好心給她來送喜，誰知她將我鎖在金籠裡。如果想要征夫早日歸來啊，快快放我展身飛向雲天際。

點評

靈鵲報喜的傳說，在中國古已有之。五代王仁裕《開元天寶遺事》：「時人之家，聞鵲聲皆以爲喜兆，故謂靈鵲報喜。」此詞即以此展開奇異的藝術想像，將喜鵲擬人化，並讓牠和思婦作富於風趣的令人遐想的對話。這種別出心裁的構思和人鵲對話的形式，新穎而悲喜交集地表現了傳統的主題與題材。

喜秋天
〔唐〕敦煌曲子詞

潘郎妄語多①，夜夜道來過。賺妾更深獨
弄琴，彈盡相思破②。　寂寞更深坐，淚
滴爐煙翠。何處貪歡醉不歸，羞向鴛衾睡③。

注釋

①潘郎：晉代潘岳，字安仁，美男子。後世以潘郎爲情人的
代稱。

②破：耗傷，破敗。也可能爲曲名。古樂府有〈相思曲〉，唐
宋時大曲分章，其中一章叫「破」，其聲急促。

③鴛衾：繡著鴛鴦圖案的衾被。

譯文

情郎他講的假話多，每天晚上都說來。害得我夜深人靜獨
奏琴，彈盡相思心中多傷哀。寂寞淒涼坐到更深，淚滴香爐青
煙裊裊。他在哪裡貪歡買醉不歸來啊，我羞向鴛被獨眠待天曉。

點評

時間是萬籟俱寂的深夜，空間是一位女子的閨房，周圍的
物件是瑤琴、香爐、鴛衾，人物是深夜懷人的女子，她獨守空
房，獨奏瑤琴，獨坐長夜的寂寞，心中無限淒涼和怨艾。這首
詞就描繪了這樣一種典型的情境，表現了封建社會中女性的具
有普遍意義的悲劇命運。詞中男方並未出場，其間種種都留待
讀者去想像。

天仙子

〔唐〕敦煌曲子詞

燕語鶯啼三月半，煙蘸柳條金線亂。五陵
原上有仙娥①，攜歌扇。香爛漫，留住九
華雲一片②。　犀玉滿頭花滿面，負妾一
雙偷淚眼。淚珠若得似珍珠，拈不散③。
知何限，串向紅絲應百萬。

注釋

①五陵：指長安的長陵、安陵、陽陵、茂陵、平陵。

②九華：山名，舊名九子山，山有九峰，形似蓮花，在今安
徽省青陽縣西南。此處不宜指實。

③拈不散：「拈」爲用手取物，如杜甫〈韋偃畫馬歌〉之「戲
拈禿筆掃驊騮」。此語意爲淚珠滾滾而下，揩拭不盡。

譯文

燕語鶯歌的仲春時節，柳條籠煙如金線繚亂。五陵原上有
美麗的姑娘，手中拿著輕盈的歌扇。所到之處漫一派濃香，如

同九華的蓮花一瓣。玉飾滿頭插花映臉面，辜負了我一雙偷淚眼，如果說淚珠好像珍珠，滾滾珍珠取也取不完。你知道這淚珠有多少，用紅絲串連不下百萬。

點評

　　這首詞，也是敦煌石窟發現的唐五代手寫卷子中無名氏的作品。上片寫陽春三月時一位女子出遊，景色美麗，是令人心花怒放的好時光，下片卻如一幀大特寫，讀者只見女主人公淚流滿面。這種以樂景寫哀的強烈反照的藝術，不一般化地表現了思婦的離愁別怨。

九張機 (之九)

〔宋〕無名氏

　　九張機，雙花雙葉又雙枝①。薄情自古多離別②，從頭到底，將心縈繫③，穿過一條絲④。

注釋

①「雙花」句：在錦緞上織成的並蒂花和連理枝。

②薄情：為人不重或缺少情義。柳永〈雨霖鈴〉：「多情自古
傷離別。」

③心：指花心，也寓情侶之心。

④絲：諧音「思」，指互結同心的相思。

譯文

　　九張織錦機，在錦上織成並蒂花和連理枝。不重情義的人
自古多離別，只有我將紅花與心花連串，用一線心思與錦絲。

點評

　　〈九張機〉是共有九首抒情小詞的組詩。從一到九，每首
均以序數詞領起。清人陳廷焯《白雨齋詞話》稱之為「『子夜』
怨歌之匹」。第九首詞承接第八首「八張機，回文知是阿誰詩？
織成一片淒涼意，行行讀遍，厭厭無語，不忍更尋思」，表現了
女抒情主人公對幸福生活的嚮往，空閨獨守的痛苦和對薄情郎
的幽怨。

鷓鴣天

〔宋〕無名氏

枝上流鶯和淚聞，新啼痕間舊啼痕。一春魚鳥無消息①，千里關山勞夢魂。　　無一語，對芳尊②，安排腸斷到黃昏。甫能炙得燈兒了③，雨打梨花深閉門。

注釋

①魚鳥：即指魚和雁。古人相傳鴻雁、鯉魚可以傳遞書信。

②尊：此處指酒樽。杜牧〈贈別〉：「多情卻似總無情，惟覺尊前笑不成。」

③甫能：宋時方言，剛才之意。炙：原意為烤或受到薰陶，此處意為燃、燒。

譯文

　　熱淚流入耳是枝上的鶯聲，新啼痕跡疊印著舊啼痕。一個春季都沒有他的消息，山遙水遠只好去辛勞夢魂。黯然神傷無語，獨對芳美酒樽，無可奈何肝腸寸斷到黃昏。長夜漫漫剛才燃得油燈盡，晨雨打落梨花深深閉院門。

點評

　　此詞表現思婦懷人，結構上細針密線，首尾環合，構成了一個完美的藝術整體。首二句寫晨起而泣，次二句表致泣之由，過片三句點明女子白日的思念，結尾二句概括長夜不眠而至天明。首句化用唐人金昌緒〈春怨〉詩意：「打起黃鶯兒，莫教枝上啼。啼時驚妾夢，不得到遼西。」而「雨打梨花深閉門」一語，也是襲用唐人成句而恰到好處。

踏莎行

〔宋〕無名氏

　　殢酒情懷①，恨春時節。柳絲巷陌黃昏月②。把君團扇卜君來，近牆撲得雙飛蝶。笑不成言，喜還生怯③。顛狂絕似前春雪。夜寒無處著相思，梨花一樹人如削④。

注釋

　　①殢酒：「殢」原意為困擾，糾纏不清，此處之殢酒為以酒

消愁，爲酒所病。

②巷陌：古代都市中的坊曲街道。

③生怯：羞澀和畏怯。

④削：瘦削。

譯文

借酒澆愁的傷酒情懷，惹人春愁春恨時節。街巷的柳梢初上黃昏月。用情人送的團扇來占卜，靠近牆根撲得一對雙飛蝶。笑得說不出話，喜得不免羞怯，手舞足蹈又特像那前春飛舞的雪。夜深風冷無處寄相思，癡靠在梨花樹前人瘦削。

點評

月上柳梢頭，人約黃昏後，一位市井女子去巷陌赴情人的約會。這首小詞將情節發展的過程與人物的心理活動交織抒寫，曲折有致。前人論絕句要「尺水興波」，「尺水」是指篇幅短小，只能描繪生活的一個片斷，「興波」則是要講究波瀾起伏，而不能平庸乏味。此詞屬於小令，就頗得尺水興波之妙。

柳梢青

〔宋〕無名氏

悄無人，宿雨厭厭①，空庭乍歇。聽檐前
鐵馬戞叮當②，敲破夢魂殘結。丁年事
③，天涯恨，又早在心頭咽。　誰憐我，
綺窗前，鎮日鞋兒雙趹④。今番也，石人
應下千行血。擬展青天，寫作斷腸文，難
盡說。

注釋

①厭厭：形容人精神不振或氣息微弱。此處表夜雨綿綿似也
　　無精打采。
②鐵馬：以薄鐵製成小片掛於檐間，風吹琤琮有聲。
③丁年：成丁之年或壯年。溫庭筠〈蘇武廟〉：「回日樓臺非
　　甲帳，去時冠劍是丁年。」
④鞋兒雙趹：趹腳嘆恨之貌。

譯文

　　深夜靜悄無人聲，若斷若續的連綿苦雨，在空寂的庭院剛
剛消歇。聽檐間鐵馬叮噹響，敲碎我的夢魂殘缺。成年時候的

往事，天涯遠離的愁恨，又早早地在心頭嗚咽。有誰憐我在鏤花的窗前，一天到晚捶胸頓足嘆恨不絕。今天啊，石頭人也應落下千行血。就是把青天作紙張，寫成一篇斷腸文字，我的苦痛也難盡寫！

點評

雨夜夢回，愁人不寐，多少未明言而讀者可以想像的傷心事，一齊湧上這位婦女的心頭。開篇情景交融，過片直抒胸臆，結尾誇飾其詞。南朝樂府〈華山畿〉說「將懊惱，石闕晝夜題（啼），碑（悲）淚常不燥」，「別後常相思，頓書千丈闕，題碑無罷時」，此詞收束遙承南朝樂府的餘緒。

〔越調〕塞兒令

〔元〕無名氏

鴛帳裡①，夢初回，見獰神幾尊惡像儀。手執金槌，鬼使跟隨，打著面獨腳皂纛旗②。犯由牌寫得精細，乭先裡拿下王魁③，省會了陳殿直④，李勉那廝也聽者⑤，

奉帝敕來斬你伙負心賊⑥。

注釋

①鴛帳：水鳥鴛鴦形影相隨，雄鴛雌鴦，此處說「鴛帳」，可見男方不在現場。

②皂纛旗：黑色的大旗。

③疋先：劈先，首先。王魁：元雜劇〈王魁負桂英〉中的負心人。

④省會：通知，知會。陳殿直：元雜劇〈陳叔文三負心〉中的負心者。

⑤李勉：元雜劇〈李勉負心〉中的負心漢。邪廝：輕蔑的稱謂，猶言「混小子」。

⑥敕：自上命下之詞。特指皇帝詔書。

譯文

鴛帳裡惡夢初醒，夢中見到幾尊神像猙獰。他們手拿金槌，鬼使跟隨索取人命，舉著獨腳的黑旗旌。犯罪告示牌上寫得明白，首先捉的是王魁，通知拿下陳叔文，李勉那混蛋也聽著，奉閻羅王的命令來斬你們這伙負心人。

點評

這支曲子以說夢的方式表現怨情，感情的激烈，抗爭的堅決，可謂痛快淋漓，在文人的詩作中固不多見，在民間作品中也很少有。它集中筆力描繪夢境，不枝不蔓，留給讀者的是廣

閣的想像餘地。它的風格既真率潑辣，又富於含蘊，相反而相成。

〔雙調〕水仙子

〔元〕無名氏

一春魚雁杳無聞，千里關山勞夢魂①。數歸期屈指春纖困②，結燈花猶未準③。嘆芳年已過三旬，退蓮臉消了紅暈④。壓春山長出皺紋⑤，虛度了青春。

注釋

①千里關山：形容路途遙遠。勞夢魂：辛勞、徒勞夢魂往返。
　秦觀〈鷓鴣天〉：「一春魚雁無消息，千里關山勞夢魂。」
②春纖：女子纖柔的手指。
③結燈花：古人以結燈花為喜兆。
④蓮臉：紅潤的臉龐。
⑤春山：喻美女之眉。趙長卿〈卜算子〉：「人道長眉似遠山，山不如，長眉好。」

譯文

　　整個春天他都杳無音信，路遠山遙徒勞我的夢魂。計算歸期手指都屈困，燈花燃結喜兆還不準。嘆年華匆匆已過三旬，緋紅的臉上消退紅暈，壓柳眉額上長出皺紋，可憐虛度了大好青春。

點評

　　這是一位閨中思婦的自怨自艾之辭。在開篇兩句的概括性抒寫之後，她從五個方面傾訴自己內心的痛苦，「數歸期」、「結燈花」、「嘆芳年」、「退蓮臉」、「壓春山」，每句都以一個動詞領起，句句勾連，層層遞進，最後以「虛度了青春」收束，猶如連連的唏噓，繼之以一聲浩嘆，令後世的讀者也為之嘆息。

〔正宮〕塞鴻秋

〔元〕無名氏

　　一對紫燕兒雕樑上肩相並①，一對粉蝶兒花叢上偏相趁②，一對鴛鴦兒水面上

相交頸③，一對兒虎貓兒繡凳上相偎定。
覷了動人情④，不由人心兒硬，冷清清偏
俺合孤零。

注釋

①「一對紫燕」句：以紫燕成雙與己之孤零對照。沈佺期〈古
意呈補闕喬知之〉：「盧家少婦鬱金堂，紫燕雙棲玳瑁樑。」
下文之粉蝶、鴛鴦、虎貓之意與此相同。
②相趁：互相追逐。杜甫〈題鄭縣亭子〉：「花底山蜂遠趁
人。」
③交頸：頸兒相交，喻情人之親昵。
④覷：細看。辛棄疾。〈祝英台近 晚春〉：「鬢邊覷，試把
花卜歸期，才簪又重數。」

譯文

一雙紫燕在彩畫的屋樑上兩肩相並，一對粉蝶趁春風互相
追逐在花叢，一雙鴛鴦在水面上彼此交頸，一雙虎貓你依我偎
在繡凳。細看它們撩動愁情，不由得人心兒僵冷，冷冷清清啊
偏偏我合該孤零？

點評

在民間的愛情詩詞曲中，表現怨婦的愁情悲緒的作品如滿
天星斗。星斗麗天，是因為它們不滅的光芒，佳作傳世，是因
為它們永恆的藝術魅力。這首小曲仍然是寫古老的主題，但卻

由物及人，且多用排比，最後逼出自己的一聲嘆問，在藝術表現上可謂避開車水馬龍的大路，另闢風光殊異的蹊徑。

〔雙調〕水仙子

〔元〕無名氏

轉尋思轉恨負心賊，虛意虛名歹見識①。只被他沙糖口啜賺了鴛鴦會②，到人前講是非。咒的你不滿三十，再休想我過從的意③。我今日懊悔遲，先輸了花朵般身己④。

注釋

①歹見識：「見識」乃宋元口語，其意為計謀、手段。「歹見識」就是壞計謀、壞手段。

②啜賺：花言巧語欺騙。鴛鴦會：指男女情事。

③過從：來往，親昵。

④身己：身肌，身體。孫季昌〈粉蝶兒　怨別〉：「打煞出悶憂中日月，憔悴了花朵兒身肌。」

譯文

翻來覆去地苦想恨極了那負心賊，他虛情假意耍盡了手段和計策。只被他甜言蜜語騙得了鴛鴦會，反倒在人後頭說我不是撥弄是非。我詛咒你不滿三十就短命，再莫想我和你有來往的情意。我今天真是後悔已經莫及，先賠上了我如花似玉的身體。

點評

這支小令寫一位女子被「負心賊」欺騙後的心理活動，寫得感情激盪而層次分明。先是追思回想，次是譴責詛咒，後是懊悔無及。負心的男子雖沒有正面落墨，但從女子的自白自訴中，其令人詛咒的形象也呼之欲出，可見這首小令筆墨經濟，有一石二鳥之功。至於口語的活色生香，更是元曲特別是元曲中的民間作品的當行本色。

〔中呂〕 紅繡鞋

〔元〕無名氏

一兩句別人閒話，三四日不把門踏，五六
日不來啊在誰家？七八遍買龜兒卦①，
久以後見他麼，十分的憔悴煞②！

注釋

①龜兒卦：古代用火灼龜甲，觀龜甲裂紋以測吉凶。
②憔悴：困頓無神之貌。煞：極、甚、太之意。柳永〈迎春
　樂〉：「近來憔悴人驚怪，爲別後，相思煞。」

譯文

　　聽到一兩句別人的閒話，三四天就不把我的門踏。五六天
不見人影啊在誰的家？七次八次買了龜兒來卜卦，久別以後才
能見到他麼，十分的形容消瘦煞！

點評

　　這首小曲表現一位女子對她的情人的埋怨與思念，將從
「一」到「十」的數字嵌入全篇，而且將這些數字安排在每句
之首，「九」則以諧音「久」來代替，全曲巧運匠心而又活潑自
然。這種語言表現方式，可以遠溯到中國詩歌史的第一章《詩
經》之中，《詩經·豳風·七月》篇就是這種方式的最早的歌唱。

吳　歌

〔明〕民　歌

畫裡看人假當眞，
攀桃結李強爲親①。
郎做了三月楊花到處滾②，
奴空想隔年桃核舊時仁③。

注釋

①攀桃結李：將桃枝嫁接在李樹上，喩勉強的結合。強：勉
　　強，讀音「搶」。
②楊花：楊花隨風飛舞，故過去稱放蕩的女人爲「水性楊
　　花」。北朝樂府民歌〈楊白花〉：「春風一夜入閨闈，楊花
　　飄蕩落南家。」此處將男子比爲楊花。
③舊時仁：「仁」與「人」諧音，意爲過去的舊人。

譯文

　　從畫裡看人難免不以假當眞，攀折桃枝接李樹是勉強成
親。郎做了三月楊花隨風四處飄舞，害得我空想著隔年桃核舊
時仁。

點評

民歌常用的藝術手法是比興，比興是對客觀事物與主體感情的美的把握，巧妙的比興所到之處，能夠使詩篇頓然光彩閃耀。這首民歌連用四個比喻，一句一比，有的兼用諧音，恰到好處而又各不重複。「比喻之作用大矣哉」，兩千多年前古希臘亞理斯多德在《修辭學》中對比喻的詠嘆，在中國的民歌裡也可以得到許多回聲。

吳　歌

〔明〕民　歌

樹頭掛網枉求蝦①，泥裡無金空撥泥。
刺潦樹邊栽枸桔②，幾時開得牡丹花③。

注釋

①枉：空自，枉然，白費氣力。
②「刺潦」句：刺潦和枸桔都是多刺的植物，意謂二人性格不合。

③牡丹花：比喻美滿的愛情，圓滿的婚姻。

譯文

　　樹枝上掛網空自去求蝦，泥巴裡沒金空自去翻沙。剌潦樹旁邊栽種那枸杞，什麼時候可以開得牡丹花？

點評

　　詩歌之需要比喻，如飛鳥需要奮翮萬里長天的翅膀，如花枝需要動人的色澤與芬芳。詩的比喻，從虛和實的角度來看，有以虛比實與以實比虛兩類。這首民歌所唱嘆愁怨的是不幸的愛情，這是虛，然而作者卻妙用四個比喻，一句一比，以實有的形象去比況那抽象的情感，使得虛也變化爲實了。這樣，虛以實之，虛因實顯，情景宛然如見。

桂枝兒

〔明〕民　歌

　　露水荷葉珠兒現，是奴家癡心腸把線來穿①。誰知你水性兒多更變：這邊分散

了，又向那邊圓②。沒真性的冤家啊③，
隨著風兒轉！

注釋

①癡：入迷，著迷。蘇軾〈薄命佳人〉：「無限閒情總未知，
吳音嬌軟帶兒癡。」
②圓：與上句之「散」，藉露珠的分合比情人的離散和團圓。
③真性：沒有定見，沒有真感情。

譯文

荷葉上露水珠兒眼前見，是我癡心呆想用線把它們穿。誰
知道你似水的脾性多更變：這邊分散了，又流向那邊圓。沒有
真感情的冤家啊，總是隨著風兒滴溜溜四處轉！

點評

露珠的離散團圓與情人之間的悲歡離合，似乎並沒有什麼
關連，但慧心的作者卻巧妙地把它們綰合在一起，構成了新穎
而引人想像的詩的比喻。這種比喻，是類似聯想和遙遠聯想的
結果，類似，是由於二者的「散」與「圓」有某些相似之處，
遙遠，是由於二者畢竟相距太遠而很難組合在一起。然而，正
因為遙遠而巧為聯繫，詩作才獲得了令人驚喜的美學效應。

四、怨情

桂枝兒

〔明〕民　歌

你耳朵兒放硬了①，休聽那搬唆話②。我
止與他那日裡，只吃得一杯茶。行的正，
坐的正，心兒裡不怕。是非終日有，搬斗
總由他③。眞的只是眞來也，假的只是
假。

注釋

①耳朵兒放硬：意爲不要輕信流言。俗稱無主見易輕信爲
「耳根子軟」。

②搬唆：撥弄是非，製造矛盾。

③搬斗：挑撥。

譯文

你耳根子不要軟，不要聽那些挑撥是非的話。我和他在那
天，只是喝了一杯茶。行得正來坐得正，身正不怕影子斜。是
是非非天天有，挑撥離間總隨他。眞的到頭來是眞的，假的到
頭來就是假。

點評

　　這首民歌表現了愛情生活的一個側面，角度獨特，題材與表現均有新鮮感。由於他人的搬弄是非，而愛情也更容易產生嫉妒，女方的情人有了誤會，彼此發生嫌隙，女主人公只得向情人作一番表白。詩中有勸慰，有說明，有自白，也有對情人的輕責和對挑撥者的怨恨，全詩刻劃了一位堂堂正正性格堅強的女性形象。

桂枝兒

〔明〕民　歌

　　手執著課筒兒深深下拜①，戰兢兢止不住淚滿腮，祝告他姓名兒我就魂飛天外。一問他好不好，二問他來不來，還要問一問終身也②，他情性兒改不改？

注釋

　　①課：占卜以測吉凶的一種方式。如起課、金錢課等等。

四、怨情

389

②終身：「終」爲最後、結束、末了之意，此處指一生的遭
　　遇和命運，一般爲女子自指。

譯文

　　手拿卜吉兒的課筒深深下拜，我心驚膽顫禁不住淚流滿
腮，對神靈念到他的姓名我就魂飛天外。一問他好不好，二問
他來不來，還要問我的命運啊，他的沒定準的性情改不改？

點評

　　創新，在詩歌創作中是一個常青的命題。詩的眞正意義就
是創新，沒有創新，就沒有詩。俄國大作家托爾斯泰説得好：
「愈是詩的，便愈是創造的。」這首民歌寫一位弱女子對情人
的祈求和對自己命運的憂慮，出之以「問課」的方式，可以説
是生面別開，而這位溫柔多情卻無法把握自己命運的女子的形
象，也人立紙上。

桂枝兒

〔明〕民　歌

俏冤家一去了，無音無耗①。欲待要把你的形容畫描②，幾番落筆多顛倒。你的形容倒容易畫，你的黑心腸難畫描，偶落下一點墨來也，倒也像得你心兒好。

注釋

①耗：消息，音信。周邦彥〈風流子〉：「問甚時說與佳音密耗。」

②形容：模樣，樣子，形體容顏。《楚辭·漁父》：「顏色憔悴，形容枯槁。」

譯文

那俊俏的冤家一別之後，杳無消息從沒有音書到。想要把你的模樣來畫描，幾次落筆都錯亂顛倒。你的外表倒容易畫，你的黑心腸就難畫描。偶然間落下一滴墨汁啊，說它像你的黑心倒正是好。

點評

王勃〈滕王閣序〉有一聯名句：「落霞與孤鶩齊飛，秋水共長天一色。」有人仿作一聯：「貪官與污吏齊飛，良心共煤炭一色。」這首民歌的構思雖已頗為新穎，但描畫情人的容貌這種構思並非它的首創。它的可貴之處在於結句，以墨滴比黑心，外形近似，滴墨傳神，富於感情色彩，真是可圈可點。

桂枝兒

〔明〕民　歌

鬼門關告一紙相思狀，不告親，不告鄰，
只告我的薄幸郎①。把他虧心負義開在
單兒上②，欠了我恩債千千萬，一些兒也
不曾償。勾攝他的魂靈也，在閻王門前去
講。

注釋

①薄幸：薄情，負心。洪昇《長生殿》：「從來薄幸男兒輩，
多負了佳人意。」
②單兒：單據，帳單，帳目。此處指狀紙。

譯文

鬼門關前告一張相思紙狀，不告親友不告鄰居，只告我那
負心的薄情郎，把他喪良心缺仁義的事開列在狀紙上。他負了
我的恩情債有千千萬，一點兒都不曾還償，勾取追捉他的靈魂
啊，到閻羅王的門前去評講。

點評

古代的弱女子在愛情上遭逢不幸時，往往只能求告鬼神相助。這首民歌就是如此，它沒有寫主人公如何呼天搶地，也沒有具體描摹她怎樣痛心疾首，而是以豐富的想像力，表現她向閻羅王告狀的種種情狀。字字血，聲聲淚，展示了主人公與命運抗爭的精神以及她對薄情郎的強烈憎恨。讀者不免也油然生感：弱者，你的名字不都是所有的女人！

桂枝兒

〔明〕民 歌

比你做水花兒聚了還散，比你做蜘蛛網到處去衙①，比你做錦攬兒與你暫時牽絆②，比你做風箏兒線斷了，比你做扁擔兒，擔不起你不要擔。就比你做正月半的花燈也③，你也亮不上三五晚。

注釋

①銜：意爲「含」。《古詩十九首》：「願爲雙飛燕，銜泥巢君屋。」

②錦攬：色彩鮮豔華美的絲帶。牽絆：牽繫，絆繞。

③花燈：漢族民間提燈執扇載歌載舞的民間歌舞。此處指正月間的彩燈。

譯文

你好比水花聚了還散，你好比蜘蛛做網到處銜，你好比絲帶暫時牽連繞絆，你好比風箏斷了長線，你好比扁擔擔不起你不要擔，你好比正月十五元宵的花燈啊，亮也亮不了三五個夜晚。

點評

修辭格中有一種比喻名爲「博喻」，即以兩個以上的比喻去比同一個事物或一個事物的某一方面，因爲莎士比亞劇作中的比喻纍纍如貫珠，西方稱博喻爲「莎士比亞比喻」。這首民歌以女子的口吻寫用情不專的男人，一句一比，運用六個比喻，雖然同是比喻同一男人，但每句卻又各有側重。統一中有變化，變化中有統一，精彩紛呈，眼花繚亂。

桂枝兒

〔明〕民　歌

俏冤家，我別你三冬後①，擁衾寒，挨漏
永②，數盡更籌③。叫著你小名兒低低
咒：咒你那薄幸賊，咒你那負心囚。疼在
我心間也，舍不得咒出口。

注釋

①三冬：冬季，也指冬季的第三個月，即陰曆十二月。也指
　三個冬天，即三年。此處解作三年為佳。三年不歸，難免
　不視為「薄幸賊」。
②漏：古代的計時器，此處指時間。
③更籌：古代夜間計時報更的竹簽。

譯文

　　俊俏的冤家啊，你離開已有三個冬天之久。我抱著寒冷的
被子，苦挨著長夜的時光，數盡了計時的更籌。叫著你的小名
默默地咒：咒你這個負心的賊子，咒你這個薄情的囚徒。我因
為心裡疼你啊，總還是捨不得咒出口。

點評

　　女主人公本來是咒久別不歸的男子，「薄幸賊」、「負心囚」，咒語可謂不輕，從中可見女主人公幽怨之深重，但結句竟然是「捨不得咒出口」，這種「咒」與「不咒」的矛盾語，本是現代詩常見的語言方式，但在這首清代民歌中也顯示了它的魅力：細膩入微地表現了女主人公矛盾的心理世界。

劈破玉

〔明〕民　歌

　　爲冤家淚珠兒落了個千千萬，穿一串寄與我的心肝①。穿它恰似紛紛亂。哭也由它哭，穿時穿不成，淚眼兒枯乾，淚眼兒枯乾，乖②，你心下還不忖③？

注釋

①心肝：本爲人的心與肝，此處是對情人的昵稱。
②乖：指聰明的孩童，此處昵稱情人。

③忖：揣度，思量。《詩經・小雅・巧言》：「他人有心，予
　忖度之。」

譯文

　　爲了冤家淚珠落了萬萬千，寄給我的心肝穿一串。穿它好
像穿起思念亂紛紛，哭也由它哭泣，穿時穿不成串。淚眼已枯
乾，淚眼已枯乾，乖乖啊，你心裡難道還不細想和思念？

點評

　　這首民歌以「穿淚珠」爲中心意象，全詩圍繞這一中心意
象結撰成章。淚珠本不可穿，穿淚珠本屬無理而妙，巧妙地表
達了主人公的思念與幽怨。而「落了千千萬」見憶念之久而且
苦，「紛紛亂」表懷念之剪不斷，理還亂。結尾作一轉折，穿而
不成，眼枯淚盡，不知負心郎能否感動而回心轉意？全詩寫淚，
詩本身即以淚寫成。

劈破玉

〔明〕民　歌

蜂針兒尖尖的，做不得繡①。螢火兒亮亮的，點不得油。蛛絲兒密密的，上不得篦②。白頭翁舉不得鄉約長③，紡織娘叫不得女工頭④。有甚麼絲線兒相牽也，把虛名掛在旁人口！

注釋

①繡：刺繡，此處意爲做不得繡針。

②篦：同「箱」。織機附件之一。作用爲控制織物經密和把緯紗推向織口。

③白頭翁：鳥名，亦稱「白頭鵯」，頭頂黑色，眉及枕羽白色，故名。鄉約長：明代民間協助官府辦理公事的人員，多由老年人擔任。

④女工：亦作「女功」、「女紅」，舊指女子所作紡績、刺繡、縫紉等工作。

譯文

尖尖的蜂針不能刺繡，亮亮的螢火不能點油，密密的蛛絲上不得織機箱，白頭翁當不成鄉約長，紡織娘叫不了女工頭。我們有什麼牽牽絆絆啊？免得把無實的空名掛在他人口！

點評

這首民歌寫一個女子對一個負心男子的怨恨，表示他們之間再沒有什麼關係，這種感情和關係都是虛的而且難以具體把

捉，然而作者卻錦心繡口，妙筆生花，他列舉五種名與實有某種相乖的蟲鳥，比喻以上抽象的情態，如此化抽象為具象，以實比虛，而且因為比喻恰切新穎，所以就使人獲得具體而新鮮的美的享受。

鎖南枝

〔明〕民　歌

提起你的勢，笑掉我的牙。你就是劉瑾、江彬①，也要柳葉兒刮，柳葉兒刮②。你又不曾金子開花、銀子發芽③。我的哥囉！你休當玩當耍，如今的時年，是個人也有三句話④。你便會行船、我便會走馬。就是孔夫子，也用不著你文章；彌勒佛，也當下領袈裟⑤。

注釋

①劉瑾：明武宗朱厚照初年掌權的太監。江彬：朱厚照寵幸的武人。兩人為非作歹，後均被處剮刑。

②柳葉兒：處剮刑用的小刀。

③「你又不曾」句：喻權勢總有窮盡。

④「如今」句：意爲這年頭各有各的能耐，不會甘受欺侮。

⑤當下：押下。領：一件。意爲不會輕易放過對方。

譯文

提起你的權勢，笑掉我的牙。你就是權傾一時的劉瑾與江彬，也要被小刀子凌遲碎剮。你又不會使金子開花銀發芽。我的哥囉，你不要對我當玩耍，如今的年頭，是個人也總有幾句話。你會駕船我也會騎馬。你就是孔夫子，我也不看你那假仁假義的文章；你就是彌勒佛，我也要扣下你那件袈裟。

點評

對權勢與金錢的輕蔑，對薄幸男子的譴責，是這首民歌的感情基調，而女主人公的無所畏懼的形象，在中國古典詩歌婦女形象的畫廊中實屬罕見。與此有些類似的，是十七世紀英國詩人坎賓的〈櫻桃熟了〉，如其中一節：「有兩排明亮的珍珠／被櫻桃完全遮住／巧笑時顆顆出現／像玫瑰花蕾上面霜雪蓋滿／可是王公卿相也休想買到／除非他自己叫『櫻桃熟了！』」同是蔑視權貴、追求自由的愛情，但風格迥異。

駐雲飛

〔明〕民　歌

富貴榮華，奴奴身軀錯配他。「有色金銀價」①，惹的旁人罵。嗏②，紅粉牡丹花，綠葉青枝又被嚴霜打③。便做尼僧不嫁他④！

注釋

①色：容貌。金銀價：旁人笑罵之語，說美麗的容貌和金銀一樣值錢。

②嗏：曲子中的表聲詞，以示警醒。

③嚴霜：濃厚凜冽的霜。嚴霜打：喻錯配婚姻的不幸。

④尼僧：偏義複詞，指尼姑。

譯文

因為他有富貴享榮華，就將我的身軀錯配給他。「美麗的姿色和金銀同樣的價」，招惹得旁人嫉妒來笑罵。嗏，我如同青枝綠葉的紅粉牡丹花，可惜卻被嚴霜來侵打。便是做尼姑啊我也不嫁他！

點評

　　這首民歌，和前面選賞的那篇〈鎖南枝〉媲美，可以視之爲姐妹篇。女主人公反對封建買賣婚姻，蔑視以「富貴榮華」爲擇婚的標準，結句陡爲轉折，語言斬釘截鐵。這種婚姻價值觀念和對獨立人格的追求出現於數百年前，的確難能可貴。當代不少對國人與洋人待價而沽的女性，相較之下能不愧煞！

羅江怨

〔明〕民　歌

　　紗窗下，月影斜，奴害相思爲著他。叫我如何丟得丟得下！終日裡默默咨嗟①，不由人淚珠如麻，雙手指定名兒名兒罵，罵幾句短倖冤家②，罵幾句短命天殺③，因何把我拋撇拋撇下？忽聽得宿鳥歸巢，一對對唧唧喳喳，叫奴孤燈獨守，心驚心驚怕。

注釋

①咨嗟：嘆息。杜甫〈負薪行〉：「更遭喪亂嫁不售，一生抱恨堪咨嗟。」

②短倖：意同「薄幸」，薄情負心。

③天殺：被老天爺宰殺之人。咒語，有時也作昵稱。

譯文

碧紗窗外月影西斜，我害相思病是爲了他，叫我如何能夠丟得下！成天我默默嘆息，不由人珠淚紛紛落下。雙手指著他的名字來咒罵，罵幾句薄情負心的冤家，罵幾句壽命短促遭天殺，爲什麼原由把我來丟下？忽聽得鳥兒過夜來歸巢，一對對唧唧喳喳說情話。叫我獨自守孤燈，心中又驚又怕啊又驚又怕！

點評

女主人公的心理活動及其過程，詩中表現得細膩而又層次分明：先是舊情未斷，對負心人仍然丟不下，繼之是由念舊而興怨恨，對負心人詛之咒之，最後觸景生情，由宿鳥歸飛而聯想到自己形單影隻，不勝驚怕。莎士比亞在《亨利六世》一劇中說：「不如意的婚姻好比是座地獄。」中外皆然！

山　歌

〔明〕民　歌

天上星多月弗多①，世間多少弗調和②。你看二八姐兒縮脚困③，二十郎君無老婆。

注釋

①弗：不。何休注《公羊傳》：「弗者，不之深者也。」
②調和：和諧，融洽。
③困：睡覺。

譯文

天上星多月亮卻不多，世間多少事物不諧和。你看十六歲的姑娘縮脚睡，二十歲的男子漢還沒有老婆。

點評

男大當婚，女大當嫁，這是人情天理，何況古代有早婚的習俗。這首民歌如果只有後兩句，則嫌過於直露，缺少詩味，正因爲有前面的形象的起興，以星多月少比況人世間的不協調不和諧，才自然地引發下文，並使讀者在欣賞過程中獲得鮮明

的意象感受。

小　曲

〔清〕民　歌

　　從南來了一行雁①，也有成雙也有孤單。
成雙的歡天喜地聲嘹亮，孤單的落在後
頭飛不上。不看成雙只看孤單，細思量，
你的淒涼和我是一般樣②。

注釋

　①一行雁：雁子春分後飛向北方，秋分後飛回南方，飛翔時
　　排列成行，又稱雁行。

　②淒涼：淒清冷落。蘇軾〈江城子〉：「千里孤墳，無處話淒
　　涼。」

譯文

　　從南方飛來了一行鴻雁，有的孤單有的成雙。成雙的歡天
喜地叫聲嘹亮，孤單的落在後面追不上。不望成雙只看孤單，

兩相比較細細地想，孤零零的雁子啊，你和我一樣冷落淒涼。

點評

寫雁而不止於寫雁，寫雁是爲了寫人，憐雁即是自憐，詩中女主人公的空房獨守之狀，和一腔幽怨之情，借雁之孤飛表現無遺。全詩共七句，前五句雖將雙雁與孤雁對照描繪，但卻並未有一筆正面寫女主人公自己，直到最後一句才轉折生情，點明題旨。如同溪流迤邐而來，至懸崖處縱身一躍，才成爲令人心動的瀑布。

小　曲

〔清〕民　歌

既有眞心和我好，再不許你耍開交①。再不許你人面前兒胡撕鬧②，再不許你嫌這山低來望那山高，再不許你見了好的又把槽來跳③。

注釋

①耍開交：斷絕關係之意。

②撕鬧：打鬧，調笑。

③槽來跳：即跳槽，指不安於原來的工作，而另到它處，此處比喻拋棄舊好，另結新歡。

譯文

既然你有真心和我相好，我就和你約法四條：再不准你和我斷絕關係，再不准你在人面前隨便打鬧調笑，再不准你嫌棄這山低來望得那山高，再不准你喜新厭舊來跳槽。

點評

人稱約法三章，這首民歌中的女主人公卻約法四章，其中心就是要求男方感情專一，這既是封建時代男尊女卑的現實的反映，也表現了這位女主人公反抗封建倫理道德的勇氣，頗為難能可貴。全詩在第一句開宗明義之後，「再不許」四個排比句一氣直下，弱女發強音，令人刮目相看，詩中的男方也許當洗耳而聽。

四、怨情

馬頭調

〔清〕民　歌

又是想來又是恨，想你恨你一樣的心①。
我想你，想你不來反成恨，我恨你，恨你
不該失奴的信。想你的從前，恨你的如
今。你若是想我，我不想你，你恨不恨？
我想你，你不想我，豈不恨②！

注釋

①「想你恨你」句：意為不論想你恨你，都出於同樣的心意，
即愛心。

②豈不：怎能不，難道不。

譯文

又是想來又是恨，想你恨你由於一樣的心。我想你你不來
我反生恨，我恨你你不該失我的信。想你過去的種種恩愛，恨
你今天的種種薄情。你若想我我不想你，你會恨不恨？我想你
而你不想我，怎麼能不恨！

點評

　　宋代詞人李之儀在〈卜算子〉中說：「此水幾時休，此恨何時已。只願君心似我心，定不負相思意。」這首清代民歌與此詞之意大致相同，它表現中國文學中傳統的「癡心女子負心漢」這一主題，卻圍繞「恨」與「想」落筆，反之覆之，顛之倒之，由己及人，由人及己，人我對照，雖明白如話，也曲折盡情。

馬頭調

〔清〕民　歌

淒涼兩個字兒實難受。恩愛兩個字兒，常掛在心頭。好歹兩個字，管叫旁人猜不透。相思兩個字，叫俺害到何時候①？牽連兩個字兒，難捨難丟。佳期兩個字②，不知成就不成就？團圓兩個字，問你能夠不能夠？

四、怨情

注釋

① 俺：北方方言。我，我們。《紅樓夢》第五回：「都道是金玉良緣，俺只念木石前盟。」

② 佳期：好時光。也指男女的約會，亦指結婚的日期。《楚辭·九歌·湘夫人》：「與佳期兮夕張。」成就：此處作成功、實現解。

譯文

　　淒涼兩個字實在難受。恩愛兩個字常常掛在心頭。好歹兩個字管叫他人猜不透。相思兩個字叫我害到什麼時候？牽連兩個字難捨又難丟。佳期兩個字不知成就不成就？團圓兩個字啊，問你能夠不能夠？

點評

　　「淒涼」、「恩愛」、「好歹」、「相思」、「牽連」、「佳期」以及「團圓」七個詞，形成了這首民歌的基本架構。它每句均以其中的一個詞領起，從「淒涼」問到「團圓」，前後呼應，首尾環合，既使全詩構成了一個完美的藝術整體，也層層遞進地表現了天下的有情人盼望終成眷屬的普遍情結。

馬頭調

〔清〕民　歌

露水珠兒在荷葉轉，顆顆滾圓。姐兒一見，忙用線穿，喜上眉尖。恨不能一顆一顆穿成串，排成連環。要成串，誰知水珠也會變，不似從前。這邊散了，那邊去團圓，改變心田①。閃殺奴②，偏偏又被風吹散，落在河中間。當初錯把寶貝看，叫人心寒！

注釋

①心田：猶言心，此處指心意，心思。

②閃殺：拋撇，拋棄。馬致遠〈四塊玉〉：「雁北飛，人北望，拋閃煞明妃也漢君王。」

譯文

　　露水珠在荷葉上轉，滴溜溜粒粒滾圓。姐兒一見忙用線穿，樂滋滋喜上眉尖。恨不能顆顆穿成串，團圓美滿環環相連。要想荷珠來成串，誰知它也變得不像從前。這邊分散了，那邊去團圓，心中主意常常變。拋棄得我好苦，風兒偏偏又把荷珠吹

散，掉落在河中間。當初錯把它當成寶貝看，如今追前想後心生寒！

點評

明代民歌中有一首〈桂枝兒〉，也是將水珠與愛情合二爲一地抒寫，與此篇大同小異，前面已經選錄。這首清代民歌內涵更爲豐富，藝術表現也更爲多彩。全篇是比喻更是象徵，象徵藝術是用對應性的形象隱曲地表現抽象的情感或道理，此詩用荷珠的種種形象，隱喻愛情生活的種種情態，表層意象是荷珠，深層意象是情愛。

小小尼姑雙淚垂

〔清〕民　歌

小小尼姑雙淚垂，合下經本緊皺著蛾眉。嘆人生枉生世界難消退①，恨爹娘自把銀牙來挫碎②。念了聲「南無」③，奴要少陪；逃下山，要配姻緣自己配。叫師父：得罪，得罪，眞得罪！

注釋

①枉生世界：白白來到世間。難消退：意爲難以消解對幸福
　生活的追求。

②挫碎：挫爲折斷，此處意爲咬碎。

③南無：佛家語。

譯文

　　小小尼姑淚珠雙垂，合上經文緊皺蛾眉。嘆人生白活一場
思凡之情難消退，恨爹娘把自己送入空門令人將銀牙來咬碎。
念了聲「南無阿彌陀佛」，奴家我從此要少陪，離開佛門逃下
山，要配婚姻自己配。叫一聲師父啊：得罪，得罪，眞得罪！

點評

　　傳統戲曲中有「思凡」一劇，川劇中的「思凡」就將那位
年輕尼姑思凡的情態，表現得維妙維肖。這首清代民歌處理的
是同樣的題材與主題，但主人公的反抗性比「思凡」的主人公
來得強烈，堂堂正正，斬釘截鐵。詩的前半部分嚴肅而沈重，
後半部分卻輕快而幽默，正劇與喜劇的交織，使這首小小民歌
多彩多姿。

四、怨情

雜　曲

〔清〕民　歌

　　冷清清，佳人睡朦朧，昏沈沈，夢兒裡見
多情①，喜孜孜，雙雙兩意濃，熱撲撲，
軟玉溫香陽臺景②。噹嘟嘟，鐵馬一聲
③，驚散了團圓夢，怒狠狠叫聲丫環，砸
碎了那個風鈴。

注釋

①多情：指情人。
②陽臺：宋玉〈高唐賦序〉載：楚襄王嘗遊高唐，夢一婦人
　　來會，自云巫山之女，在「陽臺之下」。舊時因稱男女歡會
　　之所為「陽臺」。
③鐵馬：檐馬。懸於檐間的鐵片，風吹則相擊而發聲。《西廂
　　記》：「莫不是鐵馬兒檐前驟風。」

譯文

　　冷清清，佳人睡意正朦朧，昏沈沈，春夢裡見到情人，喜
孜孜，兩人雙雙情意濃，熱撲撲，軟玉溫香歡會景，噹嘟嘟，
鐵馬一聲驚散了團圓夢。不由得怒狠狠叫聲丫環，去砸碎那個

千葉紅芙蓉

煞風景的風鈴。

點評

　　唐人金昌緒〈春怨〉說：「打起黃鶯兒，莫教枝上啼。啼
時驚妾夢，不得到遼西。」這首清代民歌遙承了唐人的餘緒，
構思大致相同而藝術表現上卻有新的發展，主要有兩方面，一
是描摹更為細緻，行文也有變化，金昌緒將「打起」置於一篇
之首，這首民歌將「砸碎」安排於一篇之末；一是這首民歌四
次運用疊詞，增強了表意傳聲之美。

四川山歌

〔清〕民　歌

　　十八女兒九歲郎①，晚上抱郎上牙床②。
　「不是公婆雙雙在，你做兒來我做娘！」

注釋

①郎：舊時婦女對丈夫或所愛的男子的稱謂。王建〈鏡聽
　詞〉：「出門願不聞悲哀，郎在任郎回未回。」

②牙床：用象牙裝飾的床。此處泛指一般的床。

譯文

十八歲的女兒九歲的夫郎，晚上抱著郎同臥象牙床。「不是高堂上的公婆雙雙在，你做我的兒來我做你的娘！」

點評

「父母之命，媒妁之言」，封建社會實行的這一婚姻制度戕殘人性，背反人情，造成了種種悲劇，大女而嫁小丈夫乃其中之一。這首清代民歌抓住這種「大」與「小」的矛盾，運用對照鮮明而尖銳的矛盾語（「十八女兒九歲郎」、「你做兒來我做娘」），表現了這一具有普遍意義的悲劇，傳達了弱女子恨怨交織的心聲。

五、哀情——

樹死藤生死亦纏

綠　衣

詩經・邶風

綠兮衣兮，綠衣黃裡①。
心之憂矣，曷維其已②！

綠兮衣兮，綠衣黃裳。
心之憂矣，曷維其亡③。

綠兮絲兮，女所治兮④。
我思古人⑤，俾無訧兮⑥。

絺兮綌兮⑦，淒其以風⑧。
我思古人，實獲我心。

注釋

①裡：在裡面的衣服。
②曷：何時，什麼時候。已：止。
③亡：一說通「忘」，一說停上。
④治：治理，整理。

⑤古人：即故人，指故妻。《古詩・上山采蘼蕪》：「新人雖
　言好，未若故人姝。」
⑥俾：使。訧：同「尤」，過失。
⑦絺綌：細與粗的葛布，做衣裳的材料。
⑧淒其：寒涼之貌。

譯文

　　綠色衣啊綠色衣，綠衣在外黃在裡。我心憂啊我心傷，憂
傷無盡何時已！綠色衣啊綠色衣，綠色衣啊黃的裳。我心憂啊
我心傷，這分憂傷怎能忘。綠色衣啊綠色絲，綠絲是妳親手治。
睹物思人想故妻，幫我使我少過失。葛布有粗也有細，穿在身
上風淒淒。睹物傷情念故人，事事都合我的意！

點評

　　〈綠衣〉是中國古典詩歌史上最早的悼亡詩，是後代悼亡
詩所參照的藍本。「綠衣黃裳」原為妻子所製，如今人亡物在，
睹物思人，不勝傷悼。這種見遺物而思故人的心理，是超越時
空的普遍情結，後代詩人也都多有表現，如元稹的名作〈遣悲
懷〉(三首) 之中，不是就有「針線猶存未忍開」之句嗎？

葛　生

葛生蒙楚①，斂蔓于野②。
予美亡此③，誰與獨處？

葛生蒙棘，斂蔓于域。
予美亡此，誰與獨息？

角枕粲兮④，錦衾爛兮。
予美亡此，誰與獨旦⑤？

夏之日，冬之夜，
百歲之後⑥，歸于其居⑦。

冬之夜，夏之日
百歲之後，歸于其室！

注釋

①葛：植物名，藤本，有塊根。蒙：覆蓋。楚：牡荊，灌木名。

五、哀情

421

②蘞：葡萄科植物，蔓生，草本。以上兩句互文見義。

③予美：我的好人。作者稱其亡夫。亡：不在，死。此：人世。

④角枕：牛角枕，用之枕屍首。

⑤旦：讀音「坦」，獨寢之意。

⑥百歲：指人死後。

⑦其居：死者居處，即墳墓，下段之「室」其意同此。

譯文

葛藤覆蓋牡荊樹，蘞蔓蔓延四野路。我的好人已去了，野地他和誰同住？葛藤酸棗樹上纏，蘞蔓蔓延墳園地。我的好人已去了，郊外他和誰同息？角枕漆亮光燦爛，繡花錦被光閃閃。我的好人已去了，荒丘誰和他作伴？夏日炎炎日正長，長夜漫漫難天光。熬到頭來百年後，相聚在他那墓場。晚晚如同嚴冬夜，天天好似夏六月。熬到百年到頭後，生不同衾死同穴！

點評

這是中國古典詩歌史上最早的悼亡詩之一。如果說〈綠衣〉是男子悼念亡妻，那此篇則是女子悼念故夫。前者主要是睹物思人，本篇則主要是從對面著筆，想像亡夫孤獨無伴而死後與之同穴，聯想更豐富而感情更沈痛。元稹〈遣悲懷〉中說「同穴窅冥何所望，他生緣會更難期」，正是發源於此，由此可見詩歌長河中，前浪是後浪的先驅，後浪是對前浪的繼承與超越。

紫玉歌

〔漢〕古 歌

南山有鳥，北山張羅①。
意欲從君，讒言孔多②。
悲結成疹，没命黃壚③。
命之不造④，冤如之何？
羽族之長，名爲鳳凰。
一旦失雄，三年感傷。
雖有衆鳥，不爲匹雙。
故見鄙姿⑤，逢君輝光⑥。
身遠心近，何曾暫忘！

注釋

①羅：羅網，捕鳥的網。
②讒言：壞話，流言蜚語。孔：很、甚。
③没命：猶言死亡。黃壚：墳墓。
④命：命運。造：舊時謂運氣、福分，意同造化。《紅樓夢》
　第十九回：「想必他將來有些造化。」

⑤鄙姿：醜陋的容貌，自謙之辭。

⑥君：指韓重。輝光：即光輝之倒裝，意爲英華煥發，此爲
　　形容韓重之語。

譯文

　　南山上有好鳥，北山張起網羅。我想隨君而去，流言蜚語
太多。悲愁積久成病，一死人歸墳墓。命中沒有福分，含冤負
屈如何？鳥類中的族長，其名叫做鳳凰。一旦失去雄鳳，鳳鳥
三年感傷。雖然還有眾鳥，無法匹配成雙。當年我的容顏醜陋，
遇到的你煥發容光。身遠心近生死異路，那裡曾有一刻相忘！

點評

　　傳説幼玉爲吳王夫差小女，欲嫁書生韓重未果，鬱鬱而逝。
韓重赴墓悼之，幼玉化鳥向韓歌此辭。此傳説後部分是浪漫主
義的想像，此歌當是後人有感而作，全詩運用四言句式，興比
兼具，語言明快、熱烈而沈痛，宛如一闋悲愴奏鳴曲，從遠古
傳至如今。

烏鵲歌 (二首)

〔漢〕古 歌

南山有烏①，北山張羅。
烏自高飛，羅當奈何②？

烏鵲雙飛，不樂鳳凰③。
妾是庶人④，不樂宋王。

注釋

①烏：烏鴉。
②奈何：怎麼，怎麼辦。《楚辭・九歌・大司命》：「羌愈思
兮愁人，愁人兮奈何！」
③樂：樂意，喜愛。
④妾：古代婦女自稱。庶人：百姓，平民。

譯文

　　南山之上有烏鴉，北山來把羅網架。烏鴉自己高飛去，羅
網有什麼辦法？
　　烏鴉雙宿啊又雙飛，它們不喜歡鳳凰。我是普通一平民，
不樂意攀附宋王。

點評

　　傳說戰國時宋國暴君康王偃，奪舍人韓憑之妻何氏囚於青陵臺，韓憑自殺，何氏作此二詩，投於臺下而死。兩詩均以烏鵲爲喻，且與羅網（象徵強暴權勢）與鳳凰（象徵富貴榮華）構成強烈對照，是對奪人之愛的統治者的強烈抗議，是對生死以之的愛情的悲歌絕唱。

公無渡河

〔漢〕樂　府

公無渡河①，公竟渡河②。
墮河而死，當奈公何！

注釋

①公：對男子長者的尊稱。無，和「毋」相同，不要之意。
②竟：竟然，終於。

譯文

　　你不要去渡大河啊，你終於去闖那波瀾。你沈入河中死了啊，我拿你該當怎麼辦！

點評

　　這是漢樂府中最短的歌辭，也是寫夫婦殉情的歌謠。據《古今注》，朝鮮津卒霍里子高早起撐船，見一「白髮狂夫」冒險渡河，其妻追阻不及，夫墮河而死，妻也投河自殺，自殺前彈著箜篌唱了這首哀歌，子高之妻麗玉依其聲調創作了「箜篌行」曲。此歌僅十六個字，「公」與「河」各重複三次，悲切蒼涼，短音促節而聲義相諧。余光中的一首新詩，亦題爲「公無渡河」，正是受到此時的啓示。

讀曲歌

〔南朝〕樂　府

非歡獨懍懍①，儂意亦驅驅②。
雙燈俱時盡，奈許兩無由③！

注釋

①慊慊：不滿，憾恨。〈華山畿〉：「天下人何限，慊慊只爲
汝！」

②驅驅：此處意與「慊慊」相近，意爲被憾恨所驅使、煎迫。

③奈許：即「奈何許」，意爲怎麼辦，無可奈何。無由：沒有
緣分。由諧音「油」。

譯文

並非你一人有不滿之情，我的心中也充滿了憾恨。像兩盞
燈光芒同時熄滅，無可奈何你我都無緣分！

點評

這是一首傷人亦自傷的情詩。前兩句人我對舉，即勸慰告
白於自己的情人，不是你獨自傷懷遺恨，我心似你心，也同樣
如此。如果説這兩句直抒胸臆，不加修飾，那麼，後兩句則訴
之於油盡燈乾這一意象，並借助於民歌傳統的諧音手法，將誓
同生死的情感表現得含蓄而動人。

華山畿

〔南朝〕樂　府

華山畿①！
君既爲儂死，獨生爲誰施②？
歡若見憐時③，棺木爲儂開！

注釋

①華山：今江蘇省句容縣北畿。畿：山邊。
②施：用，施行，實施。
③憐：愛也，白居易〈白牡丹〉詩：「憐此浩然質，無人自
　芳馨。」

譯文

華山之下草木森森！你既然是爲我而死，我卻爲誰而仍獨
生？你若還是憐愛我時，開棺讓我跳入其中。

點評

南朝宋時，江蘇省丹徒縣一書生去丹陽縣，於華山腳下客
舍中愛一少女，相思而亡。靈車經少女家門時，拖車的牛鞭之
不動，少女歌此詩而棺木爲開，少女入棺而棺木即合，終爲之

合葬（見《古今樂錄》）。此詩頗具神話色彩，卻是人生感情的曲折反映，它是對自由戀愛的禮讚，也是對婚姻不幸的悲歌。家喻戶曉的「梁山伯與祝英台」一劇，就深受此詩影響。

絶 句

〔唐〕無名氏

君生我未生，我生君已老①。
君恨我生遲②，我恨君生早。

注釋

①老：此處指對方年華老去。

②遲：晚，與「早」相對，陸機〈燕歌行〉：「別日何早會何遲。」

譯文

你生時我還沒有出生，我出生後你卻年華已老。你恨我生時已經太晚，我卻反恨你生得太早。

點評

八○年代中期，在湖南長沙銅官窯舊址出土了一批唐代瓷器及殘片，其上留有唐代無名氏的作品，此詩即其中之一。詩中男女兩方是有情人，但因爲年齡關係而未能成爲眷屬，故彼此均深爲悵恨。全詩總共二十字，但「君」字、「我」字各出現四次，「生」字出現五次，「恨」字出現兩次，如此重言疊字，加之「君」、「我」於句首對舉，「生」、「老」、「遲」、「早」於句末對舉，使得此詩風韻獨標，令人玩味不盡。

吳　歌

〔宋〕無名氏

月子彎彎照九州①，幾家歡樂幾家愁？
幾家夫婦同羅帳②？幾家飄散在他州？

注釋

①月子：月亮。九州：傳說中我國古代劃分的九個地理區域。後也泛指全中國。如龔自珍〈己亥雜詩〉：「九州生氣

恃風雷，萬馬齊暗究可哀。」

②羅帳：絲織的帳子。

譯文

新月彎彎流光照遍九州，幾家人歡樂幾家人憂愁？有幾家的夫婦同寢羅帳，有幾家的親人飄散他州？

點評

這首民歌，南宋初年時在江南一帶廣爲流傳。其時金兵佔領了北中國，南宋小朝廷偏安杭州，人民流離失所。此詩反映了動亂的時代現實，也是夫妻離散的哀歌，頗具藝術概括力量，千百年來傳唱不衰。首句總攝，次句將「樂」與「愁」對舉，三四句將「同」與「散」對舉，一連三問，讀來沈鬱頓挫而蕩氣迴腸。

〔中呂〕紅繡鞋

〔元〕無名氏

孤雁叫教人怎睡①，一聲聲叫的孤淒，向

月明中和影一雙飛。你雲中聲嘹亮，我枕
上雙淚垂。雁兒，我你爭個甚的②？

注釋

①孤雁：孤飛之雁，作者常用以寄托失侶之情。劉一止〈喜
遷鶯〉：「追念人別後，心事萬重，難覓孤鴻托。」

②甚的：什麼。周邦彥〈西河　金陵〉詞：「酒旗戲鼓甚處
市？」

譯文

孤雁飛鳴敎人怎能入睡，一聲聲其聲孤獨又悲淒，在月光
中和影子一起雙飛。你在雲中聲音嘹亮，我在枕上雙淚分垂。
孤雁啊，我和你爭的是什麼？

點評

宋代女詞人李清照，在她的名篇〈聲聲慢〉中說：「雁過
也，正傷心，卻是舊時相識。」時值南渡之後，丈夫趙明誠去
世，女詞人不禁聞雁傷情。在這首元人小令中，女主人公卻將
自己與孤雁合二爲一，寫雁即是寫人，寫孤雁的淒涼就是表現
自己失去親人的苦痛。結句一問，餘音搖曳。

山　歌

〔明〕民　歌

　　姐兒哭得悠悠咽咽一夜憂①，那知你恩
愛夫妻弗到頭。當初只指望山上造樓樓
上造塔塔上參梯升天同到老②，如今個
山崩樓塌塔倒梯橫便罷休③！

注釋

　①悠咽：意同「幽咽」，微弱的若有若無的悲泣。杜甫〈石壕
　　吏〉：「如聞泣幽咽。」
　②參（讀音「伸」）梯：架設梯子。
　③罷休：停止，完了。

譯文

　　姐兒幽幽咽咽一夜哭泣悲愁，誰知道恩愛夫妻不得偕老到
白頭。當初只打算山上造樓樓上建塔塔上架梯升天同到老，現
如今只落得山崩樓垮塔倒梯橫已罷休！

點評

　　這是一位婦女悼亡夫的哀歌，夜哭的心曲。開始並列的是

千葉紅芙蓉

434

兩個短句，第三句特長，第四句中長，句型與節奏和夜哭哀歌的心理過程及情緒變化相適應，既更動人地傳情達意，也更易於叩響讀者的心弦，引發共鳴通感。在語言藝術方面，「山上造樓、樓上造塔、塔上參梯」的頂針（又名聯珠）句法的運用，也頗爲成功。

入山看見藤纏樹

〔明〕民　歌

入山看見藤纏樹①，出山看見樹纏藤。
藤生樹死纏到死，樹死藤生死亦纏②！

注釋

①藤：蔓生植物名，有白藤、紫藤等多種。纏：牽絆，圍繞。
②亦：也。《書・康誥》：「怨不在大，亦不在小。」

譯文

進山看見長藤纏繞樹，出山看見高樹纏繞藤，藤活樹死藤也纏到死，樹死藤活樹死死也纏。

點評

這是一首膾炙人口傳唱不衰的情歌，它以藤與樹生死相纏這一感人的意象，比喻人間男女的生死戀。這首民歌用詞單純而詞法巧妙，它的基本詞是「山」、「樹」、「藤」、「生」、「死」、「纏」，然而卻顛之倒之，反之覆之，極盡詞法的變化，將一場生死戀表現得纏綿悱惻。總之，這首民歌是一曲可遇不可求的天籟，流溢的是山野的芬芳。

後　記

　　唐詩人司空圖說：「儂家自有麒麟閣，第一功名
只賞詩。」幾十年來，我在詩的殿堂裡朝香，在詩的
海洋中探寶。古今中外的名篇佳作給了我至高至美的
精神享受，充實了我在碌碌塵世中的人生。

　　好詩是「妙處難與君說」，或是「此中有眞意，欲
辯已忘言」嗎？我疑信參半。出於願天下有情人都能
欣賞好詩的心願，我曾經寫過幾部研究和欣賞詩的著
作。一九九〇年秋，由於一個偶然的機緣，我得識闖
蕩江湖與江海的臺灣作家姜穆先生，共遊於湘山楚水
之間，傾蓋如故，快慰平生。他提議我輯注譯賞二書，
一本爲《歷代文人愛情詩詞曲三百首》，一本爲《歷代
民間愛情詩詞曲三百首》，目的是讓更多的讀者從一
個側面欣賞古人爲我們留下的詩歌瑰寶。我欣然從
命，歷時半載，雖不免有遺珠之嘆，總算是完成了第
一項工程。復承姜穆兄轉請高雄市《臺灣新聞報・西
子灣副刊》主編鄭春鴻先生，鄭先生靑眼有加，闢「古

典與浪漫」一欄予以連載。副刊寸土寸金，我何幸越海峽而得此一方寶地？對當時尚無一面之緣的鄭春鴻先生，我只有心懷感激。

拙著《詩美學》、《歌鼓湘靈——楚詩詞藝術欣賞》，一九九〇年分別由臺灣東大圖書公司印出。此書復得東大圖書公司之厚愛而接納，雖不敢望一紙風行，但我卻願借此機會向所有催生它的朋友和關心它的讀者致以敬意。

一九九三年夏於湖南長沙

滄海叢刊書目 (一)

國學類

— 1 —

— 2 —

— 4 —